La luna en el bolsillo

i

COLECCIÓN
ICONOS

La luna en el bolsillo

EMERIO MEDINA

ARTEX
Ediciones Cubanas

Edición y corrección: Georgina Pérez Palmés
Diseño interior, de cubierta y emplane: Yorlán Cabezas Padrón

ISBN: 978-959-7230- 04-5

Ediciones Cubanas, Artex
Obispo 527 altos, esquina a Bernaza
La Habana Vieja, La Habana, Cuba
Telf. (537) 8631983

E-mail: editorialec@edicuba.artex.cu

CAPÍTULO 1

EL BARRIO

Este es el barrio de nosotros. Es nuestro el polvo que se levanta del camino cuando el viento sopla un poco fuerte, cuando pasa un camión de la cooperativa o una carreta cargada. Se levanta el polvo, vuela un poco, cae sobre las paredes de las casas y las pinta de amarillo mierda, que es el color de la tierra de aquí. Pinta las cercas de cardona también. Las pinta siempre. Se ven las cercas así, amarillentas, como paredes bajas a lo largo de la calle. Se limpian a veces, cuando llueve, y entretienen un poco la mirada con un color verde pálido. Atajanegros las llamamos aquí. No sabemos cómo será en otro lado, ni nos importa eso. No lo queremos saber, ni que venga nadie a decirnos que por allá les dicen de otra forma. Atajanegros está bien. Ellas defienden los patios y las casas. Sus espinas aguantan a los intrusos. Asustan a los ladrones y a los rascabucheadores que andan de noche. Gente de por aquí, puede ser, o gente de más allá, de los barrios vecinos, o paseantes de muy lejos que se quedaron sin dinero y buscan algo para vender. Una gallina. Un puerco. O un pantalón que se quedó colgado en el alambre. No asustan a la gente por el color de la piel, sino por las intenciones. Por eso las llamamos atajanegros. Debe ser una propiedad especial de las plantas. Un olfato que tienen. Una fuerza química escondida en el tallo para diferenciar la textura de una u otra piel. Debe ser eso. Debe ser. Las espinas no saben de colores.

5

En este barrio viven personas excelentes. Gente acostumbrada a conversar con el vecino por la cerca. De cosas buenas siempre, no vayan a pensar en nada malo. De lo que sacaron en la tienda, y a cómo lo sacaron, y quién compró primero, porque estaba por allí haciendo una visita, o porque pasaba en el momento y tenía el dinero en el bolsillo. Casualidades, pueden ser, y nadie dirá nada malo. Aquí en el barrio la gente guarda los buenos sentimientos. Dicen aymimadre si a alguien le pasó un camión por la cabeza. No importa si fue culpa del chofer, o si el muerto se tiró delante. Dicen aymimadre primero, mirando la sangre que se quedó en la calle, viéndoles la cara a los dolientes y guardándose de hacer un comentario atrevido, algo sobre el tipo de vida que vivió el difunto, y lo mejor es decir que siempre fue un tipo buenagente, un vecino servicial como pocos en el vecindario. Después dirán otra cosa por la cerca. Dirán que se lo merecía por verraco. Que estuvo bien ese final, después de todo. Que andaba por ahí haciendo cosas y miren en lo que paró. Todo lo oyen esas matas espinosas. Conversaciones privadas, en tono bajo. Cosas confidenciales, para estar al tanto, y que la gente se entere por su boca de quién está con quién, o a quién se llevó ayer la policía, y por qué, si lo cogieron con el bulto y había más gente involucrada, o comentarios inofensivos de la película que dieron ayer, o la novela, o si dejaron demasiado tiempo al sol esta mañana a la viejita de enfrente. Puede ser cierto eso que dicen, que se tostó la vieja y bajaba la cabeza hasta esconderla entre los brazos y los hombros como si el sol se la empujara desde arriba. Brillaban los tornillos de la silla de ruedas, las llantas niqueladas, los ponepiés metálicos, y la viejita se quedó callada, porque no puede hablar, no habla desde hace tiempo, solo coge su sol por la mañana y se queda ahí un rato largo. A veces se queda demasiado tiempo. Se tuesta desde temprano, porque alguien olvidó que la vieja estaba afuera, como hoy, y los vecinos hablan de eso por la cerca, aprovechan y piden otra cosa, algo que habían olvidado, pero cosa necesaria. Se acordaron ahora cuando estaban hablando de la vieja al sol y la piel tostada y el pelo que le echaba humo.

—Una hebra de hilo blanco para el botón del uniforme de la niña, por favor, si les queda.

Puede ser una lata de arroz. Se pide una lata como medida oficial, y se promete devolverla cuando traigan el de la bodega. O veinte pesos prestados hasta que llegue el marido del trabajo. Un poquito de sal. Algo de especias. Un diente de ajo, es lo común. Saben que se detuvo ayer el vendedor frente a esta casa. Lo vieron por la cerca. Lo oyeron gritar sus mercancías allá en la calle y estiraron el cuello sobre las cardonas para ver si era el mismo vendedor de siempre, uno que no se afeita nunca y lleva los zapatos cosidos con cordel de saco. Estiraron los ojos y comprobaron que era el mismo, pero no pudieron comprar nada, porque estaban ocupados.

—Haciendo ya tú sabes —y la vecina entiende.

Se pedirá de paso una oncita de aceite para sofreír el ajo y la cebolla, o el ají que se consiga con cualquier otro vecino. Todo prestado, como debe ser, como se aprendió en los años duros y se tiene como práctica obligada. Lo dicen así, sin poner demasiada atención a lo que dicen, como si los años duros fueran cosa de un pasado lejano y la vida sonriera dentro de las casas. Son las cosas de vivir en este barrio. Son las cosas también de vivir en otro barrio diferente. Aquí, en la periferia de la vida, se vive igual. Se mira lejos y se oye hablar a la gente, pero se vive igual.

—Que no ha llegado el aceite de la cuota.

¿Y el que venden por divisas...? Ya saben. Es por divisas. Acceso limitado. No cualquiera las tiene, coño. Es ese maldito mundo selecto. Casas pintadas para fin de años con colores claros. Ropa nueva, de marca. Las muchachas zapatean en el polvo con sandalias importadas. Por las tardes abren las ventanas para dejar salir ese olor de la cocina. Atraviesa el olor las cercas de cardona y se cuela en la nariz. Molesto, sí. ¡Molesto! Carnes sazonadas con la pasta de tomates que sacaron en la tienda. ¿Para quién la sacaron? ¿Quién estaría pasando en el momento preciso? ¿Quién, que anduviera cerca y tuviera encima el dinero necesario?

No siempre hay una hija bonita en la familia. Una que pase meses por ahí, en Varadero o en La Habana, visitando a unas tías según dicen los padres, y venga para acá en las vacaciones y las fiestas. Ni se tiene en la casa un músico maricón que logró vender un concierto en España, ni un tío que vive afuera y se acuerda que aquí también vive la gente. Eso no se tiene por aquí, ni un abuelo descendiente de gallegos que heredó una fortuna, ni alguien que descubrió a tiempo las ventajas del turismo. La gente de aquí se fue con la bola mala. Los alumnos buenos del pre se hicieron ingenieros. O licenciados. Siete turnos al día en esa escuela del campo, poniendo a prueba la garganta, dejando que los muchachos se fijen en las pruebas para pasar menos trabajo. Pasan a pie, o en bicicleta, levantando el polvo del camino, y son personas excelentes.

Hoy pidieron por la cerca un abridor. Cosa poco común, pero sucede. Ocurre a veces, y, como se puede ver, ahora pasó. El vecino trajo el de botellas. Dicen que ese no. Mueven la cabeza y sonríen mirando a la cara del vecino. Lo hacen volver atrás sin ofrecer una disculpa.

—El otro.

El vecino es bueno. Regresa y trae el abridor de latas. No pregunta una lata de qué. Una lata, en general, no es materia común en este barrio. Puede contener las pequeñas cosas, los secretos mundos de una lata sellada, las verdades sólidas contenidas entre el metal y el papel, pero no hace falta la pregunta. Todo se sabrá por el olor. No abundan por aquí los olores extraños. Olores de lata abierta, no. Se queda en el metal el olor de la carne o el atún enlatado. Se queda, aunque se lave bien. Se sabrá todo, o casi todo, cuando el aire sople un poco por la tarde, cuando haya pasado un rato y el calor empiece a disipar las partículas extrañas. Los olores son así. Se quedan para siempre pegados en las cercas. Pasará un perro olisqueándolo todo y pensará que huele bien, que no está nada mal, que llegó tarde. Se quedará un rato levantando la cabeza y absorbiendo el aire. Seguirá un rastro invisible para los humanos que vivimos cerca y tenemos el olor de la lata pegado en la nariz. Ese olor es una cosa molesta que juega con los nervios. Los estira y los encoge. Se agarra de los pelos y la piel y se queda ahí, riéndose, jugando con nosotros. Y de eso hablan los vecinos por la cerca. De la lata que abrieron en la casa de alguien. Del tiempo que llevan sin probar eso que olieron. De la vieja que se quedó demasiado tiempo al sol. De cualquier cosa que sirva como pretexto para iniciar una conversación y pedir prestado su poquito de arroz, su hilo de coser o su diente de ajo.

Todos los barrios deben ser como este. La gente se entretiene mirando el polvo y las cercas. Miran lejos también, a las montañas donde crece el café. De tarde se ven azules las montañas. Verde y azul, mezclados. Hay gente que trabaja por allá. Se van temprano en un camión y regresan, por la tarde, con la cara y la ropa manchadas de polvo rojo. Es el rojo de ese polvo contra el amarillo mierda de la tierra de aquí. Alguien que lo pinte, por favor, si se puede. Alguien que se detenga a mirar a la gente del café cuando llegan por la tarde y se recortan contra el amarillo mierda de la tierra. O alguien que tenga tiempo y se dedique a mirar a los custodios de este barrio. Visten de gris o azul, de negro y carmelita. De marrón. El marrón es color abundante en su uniforme. Son muchachos y viejos. Gente simple que se cansó de probar suerte y decidió que era mejor hacer sus guardias por la noche y estar tranquilos para cobrar un salario. Se les ve regresar de madrugada con su mochila al hombro, a veces con el sol alto ya, cuando trabajan lejos. Vienen a pie desde sus puestos lejanos, mirando al suelo y cayéndose del sueño. Pasan rompiendo el polvo, levantándolo con las botas, y se ven bien. Aquí la gente los saluda y se siente segura, porque viven cerca. Aquí, en el barrio, hay más custodios que choferes y trabajadores agrícolas Son guardias nocturnos, o agentes de seguridad y protección, como les dicen ahora. Para nosotros siempre serán custodios o serenos. Gente acostumbrada a conversar también. De cualquier cosa se habla en este barrio. De cualquier tema. De las mujeres y los hombres. De los niños y los viejos. De cuanta cosa pase por ahí, y si no pasa nada se buscará la forma de que algo pase, y se dirá que pasó de esta forma y no de otra forma cualquiera.

CAPÍTULO 2

LOS HABITANTES

AQUÍ TIENEN A MAIDA. MIREN LO RÁPIDO QUE HIZO la casa. Tres cuartos y sala grande con baño cómodo, amplio, con agua corriente y ambientador para espantar los olores. El piso está enchapado en baldosas de granito blanco y el techo fue fundido en una sola pieza. Buen trabajo hicieron ahí los albañiles. Se mojaban todos los cuartos de la casa vieja. El agua entraba por los huecos de las planchas de zinc. Pura oxidación, por el tiempo que llevaban ahí. Casa de tablas, sin cocina independiente. El humo del fogón subía por las paredes. Las moteaba hasta arriba en una estela multicapas. Puro hueco las paredes también, y Maida tan presumida. Como la madre, pero menos. Bonita esa Maida, y se vestía mal. Solo podía usar los trapos que se conseguían por aquí. Zapateaba siempre en el polvo con chancleticas malas. Se fue para La Habana hace tres años. Estuvo un tiempo allá, en la casa de una tía. Vino con dinero y ropa buena. Llegó una noche y nadie la podía reconocer. Trajo su televisor también. Un elegé nuevecito de los que venden ahora en las tiendas de divisas. Ni decir cuánto cuesta, ni quién lo puede comprar. Se sentía oloroso y nuevo en su caja de cartón. Tremenda casa que hizo Maida en poco tiempo. De pronto estaban los hombres ahí, trabajando desde el amanecer, echando al suelo el techo y las paredes, las planchas y las tablas, y los camiones llegaban cargados de materiales. Tremenda casa en poco tiempo. Cuartos con persianales de cedro. Sala con su televisor. Baño higiénico, de lo mejor que se ve, con su taza tan blanca y su ducha de teléfono para dejarse correr el agua por la espalda. Solo le falta la cocina. Parece que el dinero se acabó.

Pero lo hizo bien Maida. Lo hizo todo bien. No es como Maidelín, que también estuvo un tiempo por ahí. En La Habana primero, cuando andaba con Maida, y en Varadero después, por los cuentos que hace. Casi tres años y vino igual. Gasta el poco dinero en cualquier cosa. Vive pintándose las uñas y el pelo. Todos los días se los pinta. Llega a ver a esa vecina que tengo y le pregunta los colores y los tonos. Mi vecina vive de eso. De pintar las uñas y el pelo. Y de hablar. Lo habla todo, y de todos. Se pone a hablar con las mujeres que vienen a su casa. Cuando no tiene a nadie sale al patio y me vigila. Me sigue con los ojos y me mira por un hueco. Cosas de vecina cuarentona que vive sin marido. Por suerte siempre tiene clientes que atender, como Maidelín, que es clienta fija y se pone cualquier color. Lunitas de blanco perla sobre rosado intenso. A veces, rojo, cuando el rojo se pone moda en el barrio. O morado, puede ser, en dependencia de la ropa. Se casó con Ramiro para no preocuparse por nada. Un tipo bueno, Ramiro. Fumador, pero eso no es tan malo. Tiene una finca grande aquí cerca del barrio, con su ranchito bueno para pasar la noche si hace falta, y tiene vacas allá. Muchas vacas de colores. Pasan las vacas por la tarde y Ramiro va fumando detrás. Echando humo siempre. Vende la leche aquí en el barrio y es como una mina segura. La gente llega con su pomo y su dinero en la mano, y Ramiro se entretiene contando los billetes todas las tardes. Billetes viejos y nuevos. Menudo, a veces. Pesetas que se han puesto negras en algún rincón, y la gente las busca y las encuentra, porque tiene que pagar la leche. Aquí en el barrio tiene Ramiro una casa grande y cómoda. Una casa como la de Maida, con el piso enchapado y los cuartos cómodos y amplios, pero es una casa más grande. Un casón aquí, cerca de las cardonas y el polvo de la calle, para él solo. Para él y Maidelín, porque no tienen hijos.

Wilberto es otro que vive aquí. Gente buena, también. Más o menos amigo. Más o menos. Se casó con la negrita Raquel. Negrita negrita. Negrita feíta. El papá se murió hace un año y le dejó la casa. Simplona Raquel, como todas las muchachas que conozco. Mujeres simples las de acá. Sin ambiciones. Sin envidia. Parecen vivir así, sin intereses visibles. Sin nada que las preocupe o las obligue a pensar demasiado. No quería vivir sola en una casa tan grande. Me miraba pasar, y yo con miedo. Yo con esa forma de mía de existir y ser. Con esa forma de mirar, un poco de costado, apartando la cabeza cuando la vida me pone las cosas delante. A veces, escondida tras la cerca, la negrita me miraba. Yo sé que me miraba. Se pasaba un rato comiéndome con los ojos. En la oscuridad le brillaban las pupilas. Me miraba un rato y yo con miedo. Decía la gente de un fantasma que salía en esa casa por las noches. Decían que lo habían visto en el jardín. Un trapo blanco aparecía flotando en el aire. Daba sus vueltas en el patio y se elevaba al cielo. Unos dicen que al cielo. Otros dicen que no, que se enterraba

14

en el jardín, bajo las rosas, o que revoloteaba un poco entre las matas de mango y se perdía de pronto.

—Una aparición —decían los vecinos—. Un fantasma. El fantasma del negro que se murió y no quiere a ningún hombre viviendo en su casa. Habían oído el lamento en las paredes. Cosas para erizar la piel. Se erizaban los pelos cuando uno hablaba de eso. De noche, cuando el viento soplaba fuerte, se podía sentir el llanto. Quejidos, decía la gente. Muchos quejidos espaciados. Era el papá de la negrita, seguro, dando sus vueltas a la casa. Mirando quién llegaba y quién salía. Revisándolo todo. Cada ladrillo y cada losa. Cada ventana y cada puerta, y la gente miraba con recelo hacia la casa de la negra. Los hombres miraban con recelo también. Con miedo. Un miedo sin decirlo, pero miedo.

—Para espantar a los hombres —se decía en el barrio.

Ahí mismo estaba Wilberto que no tenía casa y no creía en fantasmas. A la edad de Wilberto casi nunca se cree en nada. Si no se tiene un lugar para vivir, se cree mucho menos. Se da vueltas y se halla una negra. Si tiene casa propia, mejor. Se casó con la negrita, y con la casita. Ramiro lo criticaba. Se reía. Decía que no era posible.

—¡Cómo va a ser! ¡Un tipo tan bien parecido con esa negra! Hubieras hecho como yo, con una blanca linda como Maidelín.

La gente decía que Ramiro tenía razón. Los hombres lo decían. Cualquier cosa por una blanca linda. Se ponían a hablar y a decir cosas de la negra. A compararla. A decir que una negra no valía la pena, aunque tuviera casa. Aunque se bañara con el jabón más caro no valía la pena. Wilberto no hizo caso de lo que la gente dijo. Vivía con ella, y vivía bien. De noche estaba siempre en el portal de Maida y nunca hablaba de la negra.

También vive aquí Daila Dailena, que está muy buena. Se casó con un alemán, que está butiñán. Con dinero, entiéndase. Un alemán viejo y gordo, como debe ser un alemán. Es un *fritz* jubilado de un museo de Offenback después que el muro se cayó. Ni preguntar dónde está Offenback. El alemán nunca lo dirá. Se encontró a Daila Dailena cuando ella andaba con Maida y Maidelín por las calles de La Habana. Estaban alquiladas las tres en un cuartico de la parte vieja. Salían por las noches y andaban siempre juntas. Se encontraron al alemán en una discoteca. Daila Dailena y él se enamoraron desde la primera vez. Dice Daila Dailena que al principio fue difícil, por lo del idioma y las costumbres. Cosas de alemanes gordos. Viejas costumbres de Offenback, cuando salía por las tardes del museo. Las cosas mejoraron después. Sería el amor, ese todo lo puede.

El alemán se llama Franz. Así, con una zeta larga. Difícil de pronunciar la zeta esa. El aire se le va a uno. Al principio tratamos, sí, pero ni zeta. Ya no. Le decimos fran y ya, y el alemán se pone bravo. Empieza a criticar. A decir que los cubanos somos unos animales. Viene a Cuba dos veces al año y casi no habla español. Pero todos los nombres los pronuncia bien. Suena las eses y las erres y se le hinchan todas las venas del cuello. Dice Daila Dailena que el idioma no hace falta, que ya ella sabe lo necesario. Se las pasan hablando en alemán, diciendo *guten*, o *gurken*, y no dejan ver el televisor en su casa ni sentarse por la noche en el portal.

Tienen una casa como un palacio aquí en el barrio. Un baño más grande que el de Maida, y un jardín con su verja y su candado. El alemán pone la cara mala cuando alguien llega y llama desde la cerca. Pone esa cara de alemán gordo y calvo y uno tiene que ir a probar suerte en otro lado. Menos mal que Maida tiene un portal amplio con su bombillo y tiene el elegé que trajo de La Habana. Uno puede ir todas las noches a su casa a ver la novela o la película. A veces vienen Daila Dailena y el alemán y ven la novela aquí, porque se aburren, dicen, de estar solos en una casa tan grande. Ella y Maida se encierran en el cuarto y se prueban alguna ropa nueva, un pantalón caro, o un vestido, y el alemán se queda sentado con nosotros en el portal, tirado ahí en el asiento como un puerco, sudando la barriga, porque sopla poco aire, mirando lo que la gente hace y diciendo *Nij biten* por todo. La mamá de Maida es muy atenta con él. Le trae un refresco de melón o tamarindos y trata de conversar y entretenerlo. En general todos conversan y se entienden, aunque el alemán no hable español, aunque tengan que acercarse demasiado y explicarle todo por señas, o esperar que pase un tractor para que el alemán sepa lo que es un tractor, o esperar que llueva para que vea lo que es la lluvia. Y el perro, igualmente, le mueve la cola, como si entendiera un poco del idioma. No le ladra duro como a mí, que siempre me va arriba cuando vengo a ver a Maida, cuando llego con mi cara de inocente y me siento en el banco sin hablar.

El hijo de Carmen es de este barrio también, y también se hubiera casado con un alemán. No le importa el idioma. Dice que el idioma es lo de menos, que se podría entender con un alemán o con cualquiera sin pronunciar una palabra.

—Déjenme probar, para que vean.

Si no se ha casado con ninguno es porque no ha tenido la suerte de encontrarlo. Pero lo encontrará, dice, algún día. Ya le dio su foto a Franz a ver si le resulta. Que le haga propaganda por allá. Que lo ayude, coño, cuando Franz se vaya de vacaciones. Que haga correr la foto entre los amigos de la cuadra, o entre los viejos jubilados que Franz conoce en Frankfurt, a ver si todo se resuelve. A lo mejor en Frankfurt o en la terminal de trenes de Offenback alguien se interese por él. Quizá en el museo donde Franz trabajaba. Debe haber un montón de alemanes allá, no importa que sean viejos. Quién sabe y alguno quiera mantener una amistad sincera. Aquí todo se trata de amistad. De dejar pasar las cosas y entenderse bien. Dice el hijo de Carmen que la amistad es lo primero. Todo lo otro puede venir después. Puede ser que un alemán gordo de Offenback se sienta solo allá en su apartamento y se interese por su fotografía. Quizá le vea en los ojos algo que está buscando ese alemán, y salte en el asiento cuando vea la foto, y diga que ahora mismo comprará un pasaje de avión y vendrá hasta aquí, hasta el barrio, a buscar a ese joven tan interesante de la fotografía.

—¡Y entonces ustedes verán! ¡Ustedes, que se pasan la vida criticando y no entienden esas cosas!

—*Guten* —dijo Franz esa noche, y se guardó la foto.

La puso en la cartera y dijo *Guten* otra vez. Se ladeó en el asiento y dijo *Guten*. Miró al perro y dijo *Guten*. Y el perro le ladró bajito, un poco sin rencores, por hablarle en alemán. Se quedaron mirándose los dos.

Se pasaron un rato así, y el hijo de Carmen miraba al perro con envidia. Seguía hablando para que Franz lo mirara a los ojos, y Franz prefería mirar al perro. Apartaba la cabeza y dejaba ver que estaba cansado de la conversación, que lo aburría un poco el hijo de Carmen con el mismo cuento todas las noches, pero al final terminaba diciendo que sí, que seguramente en Alemania alguien se interesaría por él.

Del viejo Cheché no hay nada que decir por ahora. Estaba siempre aquí. Se quedaba en la cerca y oía hablar al grupo. Se comía con los ojos a Daila Dailena y a Maidelín. A Maida no, por respeto a la madre, aunque Maida se pusiera esas falditas cortas que se pone. Y Maidelín le enseñaba los muslos desde acá, o se amasaba una teta con calma para que el viejo mirara. Son cosas que sabe hacer Maidelín para volver locos a los hombres. Se agarraba la teta con la mano y la apretaba bien. La dejaba asomar por el escote y el viejo se volvía loco mirando desde allá. Ahora el viejo está en el hospital y Maidelín está tranquila.

Así que no diremos nada de Cheché por ahora. ¿Para qué hablar si el viejo no está aquí? No se debe hacer como la mamá de Maida, que habla de todo el mundo. Si no están presentes, mejor. Se pasa el tiempo rezándole a la virgen que tiene en la mesita y hablando de todo el que pasa por la calle. Oigan eso que dice de Cheché. Dice que le sacaron el estómago. Una úlcera que tenía y no lo dejaba dormir. Una ulcerona grande como un pollo. Ahora está en el hospital, bien operado, y se va a quedar unos días allá.

—Lo abrieron de arribabajo como un puerco —explica la mamá de Maida—. Se lo sacaron todo. El estómago y

19

las tripas, porque la úlcera se estaba corriendo para abajo. Vino el médico y se lo cortó todo con una tijera de operar.

Maida hace una seña afirmativa. Maidelín se mira las uñas, parece darle lo mismo. Wilberto abre la boca y los ojos, hace *¡Oooh!* Ramiro se rasca la cabeza. Daila Dailena mira al alemán, ya se sabe que él no habla español. El alemán no entiende nada de eso que han dicho. Tienen que explicarle todo por señas. Tienen que acercarse y decirlo todo de una forma que el alemán entienda. Ahí está Wilberto explicando cómo se saca un estómago. Unos cortes desde abajo, para sacarlo todo, y otros cortes interiores que solo el médico sabe. Y después un tirón violento. El estómago del viejo queda en las manos de Wilberto. Lo miran todos, y Wilberto pone las manos como si de verdad sostuvieran un estómago. Chorrea la sangre y el alemán mueve la cabeza, parece que en Alemania no lo sacan así. El hijo de Carmen hace un gesto de dolor. La mamá de Maida mira a todos con placer. Y yo... Yo... (¿Por qué siempre soy yo? ¿Por qué tengo que estar siempre buscándole la quinta pata a cualquier gato que se mueve en este barrio?) Yo digo que eso no puede ser.

Me miran todos. Me miran como otras veces. Maidelín y Maida. Daila Dailena también. Tuercen los ojos y me miran con rabia. Ya sé que el malo soy yo. Debo ser. No sé para qué vengo a esta casa si aquí no puedo hablar. Solo abro la boca para decir boberías. Siempre boberías. Debe ser por eso que el perro me ladra únicamente a mí. Dice Maida que me hago el que se las sabe todas. Que me quiero hacer el bárbaro siempre, y tengo que estar abriendo la boca para llevarle la contraria a la gente. Todo por esa costumbre mía de andar caminando los barrios. De quedarme a mirar las casas y la gente, sin nada que hacer el día entero, sin un trabajo, sin nada, buscándome la vida en cualquier cosa, y esa obsesión que tengo con Maida. Tremendo comemierda es lo que soy. Si fuera como Ramiro que siempre está callado pero tiene finca y vacas y siempre anda con cigarros. O como Wilberto, que no tiene dinero pero se acuesta con dos mujeres. Yo no tengo ni cigarros ni mujer. No me gusta quedarme en mi casa, porque allá está la vecina vigilándome. Una vecina que vigila puede ser algo molesto, tan molesto que uno se va de la casa y se pasa el tiempo por ahí. Eso es lo que hago yo. Tengo que comer siempre en la calle, y todo lo que gano se me va en la comida. Ni ropa que sirva, ni nada de qué presumir. ¿Qué sé yo de medicina? Mejor me callo y dejo que la gente hable. Que hable la mamá de Maida y diga lo que quiera del viejo y la operación.

—Los médicos son los que saben —sentencia la mamá de Maida mirando alrededor, regodeándose en el efecto de sus palabras como si hubiera dicho una verdad escondida por siglos—. Le cortaron todo lo que le tenían que cortar.

Y la mamá de Maida también sabe, claro. Ella no es médico, pero sabe también. Si dice que fue el estómago, pues el estómago fue. No va a ser por mi culpa que no se lo saquen. ¿Quién coño soy yo? ¿A ver? ¿Quién coño? ¿Quién soy yo para decir que no fue así como pasaron las cosas? Yo no soy médico ni trabajo en el hospital, ni tengo que estar dando una opinión ni se me permite estar hablando lo que no sé. Total, el pobre viejo no dejaba dormir a nadie con el dolor, siempre revolcándose ahí, de madrugada, o levantándose a medianoche, caminando por la calle como una sombra mala, poniéndose la mano en la barriga y diciendo medueleaquí-medueleaquí.

—¡Ustedes verán de aquí en adelante lo bien que duerme! Están mejor ahora que me han puesto en mi lugar. Tengo que hundirme en el asiento y quedarme callado. Nadie quiere hablar conmigo. Me miran como a un animal extraño. Soy una piedra y hago lo que las piedras hacen. Soy una mata de atajanegros pintada de amarillo mierda, siempre en su lugar, sin que nadie le haga caso. Pero tengo el derecho de oír los cuentos de los otros. Hago como las piedras y las matas, que siempre están ahí, oyendo, tratando de entender lo que se habla en el portal.

CAPÍTULO 3

AQUÍ SE CUENTAN COSAS Y SE APRENDE ALGO NUEVO

Daila Dailena es la primera en hablar. Cuando está aquí siempre es la primera. Le quedó esa costumbre de los tiempos en que estaba sola, cuando pasaba la noche en cualquier casa y era la primera en todo. Volvía locos a Cheché y a los muchachos enseñándoles las tetas. Se abría en el asiento de una forma que ni Maidelín puede hacer, y enseñaba los muslos redondos y parejos. Enseñaba los muslos y un poco más. Ahora no. Ahora está casada con Franz y se porta bien. Se sienta muy fina y recatada en el asiento y cruza las piernas en una pose estudiada. Hace el cuento de cuando estuvo en Europa. El mismo cuento de siempre, cuando el alemán la invitó. Se montó en un avión grandísimo y en un rato ya estaba en Alemania. Doce mil euros que se gastó en aquella tienda de Frankfurt. Quería ir a Offenback a ver el museo donde Franz trabajaba, pero el tiempo no le alcanzó.

—Es que una se entretiene en Frankfurt caminando y mirándolo todo y cuando vienes a ver ya el tiempo se te fue. Pregúntenle a Franz, que allá el tiempo se va más rápido que aquí.

Sí. Se le puede preguntar a Franz, pero aquí nadie habla alemán. Y Daila Dailena está hablando otra vez de lo mismo, de cuántas cosas se pueden comprar en esas tiendas de allá, de cuántas tiendas y lugares y cuántas formas de gastar el dinero.

—Hasta una casa puedes comprar.

Casa con su garaje y su antena parabólica. Un carro, si lo quieres, del color que te guste. Muebles y cosas, lo que quieras. Y no tienes que estar cargando nada, ni andar con jabas por la calle. Nada de eso. Dices quiero esto y aquello, pagas y te vas. La misma tienda se encarga de llevarlo todo hasta tu casa. Tienen unos carros y una gente para eso, todos atentos y de lo más sonrientes. Te dicen gracias por comprar aquí. Lo dicen en alemán, claro, pero se entiende. Dice Daila Dailena que después de unos días uno lo entiende todo. Los precios están puestos en tablillas y no hay que preguntar. Solo chasquear los dedos y ya viene alguien y te atiende y te buscan unas muestras diferentes a ver qué mercancía te cuadra más.

—Cualquier cosa llamas al gerente por teléfono y él va a tu casa si hace falta. ¡Eso sí es un país!

Sí. Ese es un país como tiene que ser. No esta mierda de isla con tantos ciclones y tanta gente haciendo cola para comprar jabón. Gente matándose por boberías que no vale la pena mirar.

—¡Si ustedes vieran cómo es la cosa allá! ¡Si ustedes vieran a esa gente tan fina con esa cultura y esas casas y esos teatros! ¡Si ustedes pudieran pasar un día en una calle de Frankfurt y hacer las cosas que se hacen en un día cualquiera, o comer las cosas que se comen en una comida cualquiera! Es que ustedes no pueden, vaya, ni imaginarse cómo es aquello. Pregúntenle a Franz.

Pero Franz dice *Bij niten*, o *Nij biten*. No sé bien. No sé diferenciar cuándo Franz dice que sí o que no, o si está contento con el cuento de Dailena, o si mira al perro, porque está aburrido de lo mismo.

La mamá de Maida dice que así es como hay que hacer. Un país con cultura. Un país con desarrollo y con tiendas bien surtidas, y con gente fina, y con todo lo que tiene que tener un país. Un gran país que ofrece tantas cosas, con tanta gente que vive bien y hacen sus fiestas como debe hacer la gente.

—¡No importa que sean alemanes!

No importa. Todos tienen sus cuentas bien grandes en el banco y sus pasaportes preparados para andar por el mundo entero. Se bajan de un avión y cogen otro. Se ven por el televisor, colorados por el sol de las playas, con la barriga al aire, andando por ahí. Y esas casas que tienen allá, todas llenas de alfombras y cuadros y muebles, y refrigeradores llenos de manzanas y de carne.

—Pero no comen frijol.

Eso es malo. Si no comen frijol es malo. Se llenan la barriga con esas yerbas que comen. Sopas. Sopas. Carne. Carne. Frijol no. Si fuera ella comería frijol todos los días. Carne y frijol, que el frijol tiene vitaminas. Ella siempre ha comido frijol y mírenla ahí, ni la presión. Ni un dolorcito en el estómago. Nada, por el frijol. La gente habla mal del frijol, porque no sabe. Pero ella sí. Ella lo dice y sabe lo que dice. Un poco de frijol en la comida y el cuerpo lo agradece.

—Algo de carne también, pero no tanto.

Wilberto y Ramiro están de acuerdo con eso de la carne. Dicen que allá es lo más barato. Allá todo es pura masa. Ni un huesito que te encuentres por casualidad. Ni un flequito perdido. Los bisteses los venden lasqueados. Las costillas aparte. Los perniles de acuerdo con su color, y Dailena explica todo eso para que uno entienda.

—Desde rosa pálido hasta rojo intenso. El rojo es demasiado rojo y uno tiene que apartar la vista. Hay un rojo que hiere desde lejos y hace saltar al corazón de gusto. Pueden llamarles boliches, si les gusta el nombre. Y de vaca. Sin invento.

Te ponen en los mostradores una nota con el peso y la talla del animal. El origen también, si fue criado en una granja o si corrió libre toda la vida en las praderas de algún país salvaje. Te ponen una foto, por si las dudas. Te venden los paquetes preparados. Solo freír y ya. Con manteca de puerco abundante. Un bisté bien gordo. Mejor dos. Se espera que la carne se dore bien por fuera. Que quede como tiene que quedar, blanda y abundante, de forma que se mastique fácil, que se desbarate bien entre los dientes y deje en los dedos y las manos el olor conocido. Ramiro y Wilberto se pasan la lengua por los labios. Los miro y no me atrevo a decir nada. Yo también tengo hambre. Va y me dicen que no me toca, por hablar.

Maidelín hace su cuento de los meses que se pasó en Varadero. Dice que anduvo con un tipo de Grecia. Se llamaba Papanakis. Papadakis. Papasakis. No se acuerda bien. Nunca ha sido buena con los nombres extranjeros. Si fuera Yunisliel, o Yaiquelitín. De esos recuerda muchos. Tiene una lista por ahí. Cualquier día la trae para que vean que no es mentira, para que vean cómo son las cosas y lo que una mujer hace por dinero. Pero el Papadatis ese... Billetes sí tenía, y se movía bien.

—Aunque no se crean, no gastaba tanto. Yunisliel era mejor.

No tenía dinero pero era mejor.

Tan bueno ese Yunisliel. Tan cariñoso. Un mulatico de Santiago, lo conoció en el tren. Con unos ojos verdes y un cuerpazo. Siempre pidiéndole dinero el pobrecito. Artista se decía. Fotógrafo. La recogía de noche en el parqueo del hotel y se iban juntos para un apartamento alquilado en Santa Marta. Un cuartico en la calle Diez. Siempre con hambre Yunisliel, ustedes saben cómo son los orientales. La tiraba en la cama y ella sin bañarse todavía, con el olor del griego Papasakis, ustedes saben, y Yunisliel tan comprensivo y tan atento, queriéndose tirar unas fotos con ella cuando estaban en el baño, fotos artísticas, ustedes saben, los dos desnudos en esas posiciones que Yunisliel decía para lograr un efecto, cosas del color y los contrastes del agua cayendo sobre los cuerpos. Cosas de artistas. Y a veces llegaba un barbero del barrio y se encerraban los tres juntos en un cuarto que tenían preparado. Yunisliel decía que el barbero quería montar una exposición y mandar las fotos a una revista de arte, que esas cosas las revistas las pagaban bien. Conocía gente que mandó unas fotos y no tuvo que trabajar nunca más.

Maida interrumpe, no sea que Maidelín se mande con un cuento de esos. Miren que su mamá está aquí. La vieja dice que no hay problema, que Maidelín puede seguir, si quiere. Siempre le ha interesado el arte que se hace en las ciudades, y tratándose de revistas, ella tiene algunas por ahí. De todas formas es solo un cuento, algo para que la gente del barrio vea y aprenda, que no siempre se tiene esa oportunidad. Pero Maida hace una seña y Maidelín se calla. Se queda ahí, limándose las uñas, esperando que alguien hable.

El hijo de Carmen se interesa por la historia. Ese Yunislier parecía interesante. No, Yunisliel, con ele. ¡Ah, Yunisliel! Él conoció a alguien con ese mismo nombre, y de Santiago también. Se lo encontró en los carnavales y andaba sin dinero. Tuvo que ayudarlo por cuestiones de pura humanidad. No iba a dejarlo ahí sin hacer nada con el hambre que tenía el mulatico. Puede que sea el mismo, porque el diablo son las cosas. Hay gente que uno conoce una vez y no la puede olvidar nunca. Sobre todo en esos carnavales con tanta gente mala dando vueltas, y gente buena también. Hay gente que se da a querer y hace las cosas que uno quiere. Lo hacen para complacer a uno, porque lo vieron ahí, mirando de esa forma que uno mira, y entendieron el mensaje sin hacer una pregunta. Si Maidelín le dijera cómo era el mulatico. O la dirección del barbero, quizá. Se veía interesante toda esa parte de la historia. ¡Un barbero, coño! Un barbero de verdad con todo ese misterio que los barberos tienen siempre. Un barbero y Yunisliel. Tiene que ser el mismo mulatico que él conoce. Si Maidelín lo describiera bien. Ella encantada.

—Era un mulatico lindo. ¡Lindo! Tenía los ojos verdes y bailaba bien.

El hijo de Carmen se acerca más. Si Maidelín tuviera una foto de esas en el baño. Tal vez podría reconocerlo por la forma de los ojos. No se acuerda de cómo eran porque aquella vez del carnaval era de noche y no se veían bien los ojos de la gente. Ahora le bastaría una foto para reconocerlos. Si Maidelín le diera, por favor, una fotografía. Una foto cualquiera. Una foto con los dos, con el barbero y Yunisliel. No importa que estén desnudos. Total, es el mundo del arte. Las poses, claro, porque así se les exige, y los cuerpos brillando contra las cortinas del cuarto, y las luces cambiantes de esas lámparas que usan los fotógrafos, y Yunisliel desnudo con ese cuerpo que tiene Yunisliel, o el barbero quizá, que a lo mejor lo conoce también porque el mundo es tan chiquito y nadie sabe.

Pero Maida sabe por dónde viene la cosa. Manda cambiar la conversación. Mira alrededor y se detiene en mí. Estoy aquí, callado, esperando que me quiten el castigo. Me pregunta qué día es hoy. Digo que no sé. Estoy de vacaciones. Vacaciones eternas, ahora que llevo tanto tiempo sin trabajo. Desde la última zafra del café, subiendo en las mañanas a las lomas y bajando por la noche. Lo mandé todo a la mierda y sigo aquí, sin trabajar, viviendo de lo que puedo, sin llevar la cuenta de los días. Dice Maida que eso no puede ser, si yo siempre estoy claro en todo. Entramos en una discusión, maldita sea, ¿qué culpa tengo yo de no llevar la cuenta de nada? Por suerte la mamá interrumpe y dice que se va a acostar. Ramiro se va también.

—Maidelín, te espero en la casa.

Ella dice que va después, que se acueste mientras tanto y caliente la cama. Sigue limándose las uñas y habla sin mirar. Ni siquiera levanta la cabeza cuando los zapatos de Ramiro suenan en la calle

Daila Dailena se estira y dice que ya tiene sueño. Maida se levanta de la silla, se aleja y la llama al cuarto. Dice que le quiere enseñar los pantalones nuevos, que los compró hace poco y nunca se los ha puesto todavía.

—A ver si te gusta ese modelo.

Se meten en el cuarto las dos. Cierran la puerta y se

quedan un rato allá adentro. El alemán bosteza. Debe bostezar en alemán. Abre la boca y deja ver los dientes alemanes y la lengua.

El hijo de Carmen dice que olvidó algo, que lo perdonen pero tiene que irse ya. Se va corriendo. Se pierde en el camino oscuro. Será verdad que olvidó algo y lo recordó todo de pronto. Puede pasar así. A veces se recuerdan las cosas y uno tiene que salir corriendo.

Wilberto y Maidelín se hacen una seña; con las manos, y despúes con la cabeza, moviéndola en una forma que el mensaje queda claro. Ella se va primero. Dice que ya es tarde, Ramiro debe estar esperándola en la casa. Wilberto se estira. Pregunta la hora.

—¿Las once ya? Me voy, que tengo sueño.

La negrita lo estará esperando. Estará allá, sola, oyendo los lamentos en las paredes de la casa. Estará con miedo, o quizá no. Quizá ya está acostumbrada y no se asusta con el fantasma que la gente dice. Hay mujeres así, negras y blancas, que no le tienen miedo a nada. Vi mujeres en las lomas del café que podían andar solas por el monte. Eran trigueñas cuarentonas que viven en los pueblitos perdidos de las sierras y trabajan en los campos. Se levantan cuando el sol no ha salido para llegar temprano. Se van solas por esos trillos del monte, siempre solas, riéndose de cualquier peligro y cualquier cosa, hablando alto y dejando ver que no le tienen miedo a ningún fantasma.

Daila Dailena y Maida salen del cuarto. Dice Daila Dailena que el pantalón le queda bien a Maida. Es ese modelo nuevo de mezclilla con las argollas en las bandas. Dice Daila Dailena que a Maida se le ve bien. Debe quedarle bonito y bien con ese cuerpo que Maida tiene. Daila Dailena dice que le coja un poco todavía en la cintura. Se le cuelga del brazo a Franz y se van abrazados. Quedamos Maida y yo.

No importa lo que haya pasado aquí esta noche. No importa si discutimos por una bobería, o si Maida me miró con mala cara. Esta es la hora que espero siempre. Es el mejor momento, el único que vale, cuando Maida y yo nos quedamos solos en el portal. Todo tiene otro sentido ahora. Me olvido del hambre y la película que no voy a ver. Me olvido de la mala cara y de todo. Ni la luz del bombillo me molesta, ni los ladridos del perro, ni el polvo que se levanta de la calle cuando sopla esa brisa suave de la medianoche.

Son esos ojos verdes los que me hacen olvidar el hambre y el polvo de la calle. Es esa boca la que habla para mí. Solo para mí, y todo lo otro no me importa. Este es mi lugar, y esta es mi hora. Las luces de las casas se apagaron hace rato. El barrio está en silencio. Algún perro ladra en cualquier patio. Algún ladrón prepara el golpe nocturno. Algún rascabucheador está esperando para saltar una cerca y pasar una hora masturbándose. Hay gente así en el barrio de nosotros. Los conocemos bien, pero nunca pronunciamos esos nombres.

Eso ahora no es importante. Estamos solos Maida y yo en el portal de su casa, sentados aquí, bajo la luz chillona del bombillo. Puedo pedirle que lo apague, pero sería por gusto. Ella nunca lo haría, aunque se lo pida de rodillas. Nunca se ha dejado tocar por mí, ni siquiera un beso. Solo esa mirada y esos ojos verdes, y esa boca entreabierta que me hala. Ahora puedo regalarle la luna. Hace tiempo que la tengo guardada para ella. Pudiera ser hoy.

—No has hablado —dice.

¿Qué voy a decir? ¿Qué puedo hablar? Si nada más abrir la boca ya todos me miran así, como si mi voz fuera una enfermedad contagiosa, como si yo fuera de otro planeta y tuviera en la cara una mala señal, un peligro para el mundo, o unas ganas de comerme a cualquiera.

—Es que tú no sabes conversar —dice Maida—. No dices nada claro y concreto, como nosotros.

Ella tiene razón. Eso yo lo sé hace tiempo. He tratado de cambiar un poco, pero nada. No hay manera de encajar en ese grupo. No les gusta la forma en que digo las cosas. ¿O serán los temas que trato? Debe ser. Si hablo de un cometa que pasó por el cielo y digo que está hecho de hielo y polvo, me miran de una forma. Si trato de explicar cómo funciona la economía interna del municipio, me miran peor. Hay temas que les disgustan más, y eso me aleja. Me mantengo callado cuando ellos hablan. Me quedo así, tranquilo, oyendo todos sus cuentos, tragándome sus historias sin opinar y sin meterme en nada, sin opinar y sin decir, para que no se molesten y no me miren con esas caras que ponen. No puedo hacer cuentos de Varadero, porque nunca he estado allá, ni sé cómo los griegos hacen el amor, ni tengo dinero para ir a un lugar bonito y sentarme a pasar media hora. Pero te quiero, Maida, y tú lo sabes. ¡Si supieras que guardo la luna para ti! Una luna redonda y brillante, eso es lo que guardo en el bolsillo. Es tuya, si la quieres, pero no me pidas que cambie. No puedo. No me gustan esos cuentos que hace la gente aquí todas las noches. Eso que dice tu mamá sobre Cheché, por ejemplo. Al pobre viejo solo lo operaron de una úlcera. ¿Cómo crees que le van a sacar el estómago? ¿Cómo podría vivir así el infeliz? Y Daila Dailena le sube mil euros al cuento cada vez que lo hace. Y el mariconcito de Carmen queriendo saber de cada rabo que se mueve por ahí. Y Maidelín que ya tiene su colección de nacionalidades. Un francés primero. Un paquistaní chato y moreno que no se le paraba. Un sueco tan sueco que la puso a masturbarse en el espejo. Ahora un maldito griego que se movía bien. Y el cabrón alemán diciendo *Nij biten* por todo. ¿Qué tú crees? Con ustedes no se puede hablar de otra cosa que no sea sexo, dinero y sangre, y hasta el perro me ladra por gusto. ¿Cómo crees? ¿De qué puedo hablar? ¿Qué pudiera decir para que ustedes me pongan atención?

Lo he dicho todo, al fin. Lo he soltado todo y me siento mejor. Me ha salido así, tan fácil. Y ahora, claro, Maida me dice que me vaya. Imposible que me diga otra cosa.

—No vengas a mi casa nunca más. No llegues ni a saludar.

Me voy. Tengo que irme. Me voy, aunque me duela. Y me duele de verdad. Tenía esa esperanza de besarla esta noche. ¿Será que nunca podré? Estábamos solos, solitos los dos, y todo se echó a perder. ¿Por qué tuvo que ser así? Y lo peor es que ya se me acabó esa última esperanza. Ese último rincón bajo el bombillo, cerca de Maida. ¿Por qué la vida tiene que ser como es? Perra vida me tocó, sin amigos y sin nada. Sin un rincón para hablar con la gente del barrio. Sin cuentos que hacer para que se sientan interesados. Sin la mujer que quiero para mí.

Voy caminando y la imagino desnuda. Debe estar haciendo todo eso que he visto en los sueños. Desnuda, sí. Saliendo del baño envuelta en una toalla. Seguro se echó un poco de agua arriba por el calor que está haciendo esta noche. Seguro se quita la toalla antes de apagar la luz. Le queda la piel húmeda y caliente. Va a dormir así, desnuda, con las piernas abiertas. Deben brillarle los ojos en la oscuridad. Verde fosforescente, para mí. Parpadea y se queda dormida. ¿Soñando con qué? ¿Con quién? Seguro que no es conmigo. No debe ser.

CAPÍTULO 4

LA MOSCA EN LA VENTANA

¡Si pudiera llevar a Maida lejos de toda esta gente! Lejos, donde nadie esté hablando de lo mismo. Donde pueda hacerme viejo con ella y demostrarle que las cosas no son como ella piensa. ¿Ves, Maida? El mundo no es como tú crees. Hay más cosas que vale la pena conocer. Cosas sencillas, como el amor. Tú seguro no sabes lo que es el amor. Y yo te lo puedo enseñar, si me dejas. Te enseñaré a mirar adentro, al corazón. Mirar bajo la ropa y descubrir la verdad. ¡Si pudiera pararme en tu ventana y ver cómo te desnudas! Estar allí cuando te quites la toalla. Ser un ladrón, y estar allí. Ser un ladrón no estaría mal.

O mejor ser una mosca y colarme dentro del cuarto. Eso. Quiero ser ahora mismo una mosca joven y ágil. Un moscón callado para verte bien. Quiero ser una mosca hambrienta y silenciosa posada en tu ventana. Tengo el hambre de la mosca joven. Los ojos rápidos de la mosca. Dientes de mosca y patas fuertes. Puedo mirarte todo el tiempo que quiera, zumbando bajito para no molestarte, y pasar la noche ahí, mirándote, hasta que me dé la gana. Voy caminando por la calle oscura, levantando el polvo con los pies, pensando que soy una mosca hambrienta y silenciosa.

La mujer de Wilberto me hace recordar que no soy la mosca que pensaba. Negrita feíta en bata de casa, de pie junto a la cerca, esperando por alguien. Tan joven, con el cuerpo a contraluz. Parece que se acabó de bañar, porque la piel le huele a agua, a jabón, a carne. Desde aquí se siente el olor. Desde lejos. Será que el aire está soplando desde allá. Un vientecito suave, puede ser. Una brisa tan ligera que nada se mueve alrededor. Solo ese aroma de la negra. Ese jabón que usó. Está buscando a Wilberto. Pregunta si lo he visto.

Digo que no. Me acerco. Busco la mejor posición para mirar. Un cuerpo de mujer a contraluz puede enseñar muchas cosas. Muchos ángulos posibles. Si la bata es fina, mejor. Ella se da cuenta que la miro. Cierra las piernas. Se pone las manos por delante. No debió salir así. Seguro no esperaba encontrar a nadie en la calle. Y aquí estoy yo. No soy una mosca. Tengo a Maida desnuda en la cabeza. Un remolino de ojos verdes sobre piel aceitunada. Un aluvión de sexo contenido, inalcanzable, y la cabeza se me pone mala. La sangre empieza a darme golpes en el cerebro. La sangre puede ser molesta. Puede sacar a uno de paso y envenenarse sola. Así, sin que uno quiera. Sin detenerse a pensar bien las cosas. Solo hay que dejarse llevar por el impulso. El suave golpe de la sangre. El empujón. Las hormonas saliendo por chorros y acabando con lo que uno tiene de paciencia o de miedo.

Esta no es Maida, pero sirve igual. Las mujeres son como los gatos, todas son prietas de noche. Todo depende del interés que uno tenga. Del ojo con que uno mire las cosas. Y ahora no estoy mirando con los ojos que ven al interior. Ojos de comemierda son esos ojos del corazón. Ojos de mosca con hambre, mejor. Ojos que pueden ver escasamente lo que el cerebro necesita. Y yo ahora necesito bastante. Ahora, con Maida desnuda en la cabeza, necesito una mujer.

Debo tener cuidado, esta es casada. No voy a meterme en problemas por una mujer casada. Eso casi siempre termina mal. Termina uno chorreando sangre en una esquina, con las tripas por fuera, aguantándose la barriga para hablar y pedir auxilio, y la gente hablando de si le pasó por comemierda o si no se merecía esa suerte, y la mujer riéndose de todo en una cama, contándole a cualquiera las cosas que le hizo a uno para que perdiera la cabeza y se metiera en candela.

Pero el marido no está aquí ahora, y esa bata de dormir esconde algo. Hay un momento en que el color no importa, ni los fantasmas. Ella debe estar cansada de Wilberto, se me ocurre que sí. Tiene la casa que el papá le dejó para ella sola, pobre negro que se murió hace un año. Tanto trabajo para hacer una casa y después morirse, así como así, como si fuera cosa de mala suerte o de destino. Debe ser el fantasma del negro el que ronda por aquí. Asusta a los hombres que se acercan a la negrita fea, y yo me asusto también. Me acuerdo de los cuentos que hacen en el barrio. De ese lamento en las paredes en las noches más oscuras, cuando cae una llovizna fría sobre las casas y las cercas, y se me eriza la piel.

Pero ahí está ese cuerpecito a contraluz. Las manos tapan lo que pueden. Nunca la había visto así. No tan de cerca. No tan en bata. No con ese olor a jabón y agua que le sube desde abajo, y ahora está con las manos sueltas, estirándose un poco, empinando el pecho y entreabriendo las piernas. Lo hace una vez, y vuelve. Todo se ve claro a contraluz, como en un cine de barrio, y el único espectador soy yo.

Puedo pensar que es una invitación. Quiero pensarlo. Quiero creer que no le importa si hablo mucho, si hablo más o si hablo menos, o si no hablo nada. Me siento bien pensando que esas cosas no le importan, ni le importa el dinero, ni la conversación picante, ni esos cuentos que hace la gente en lo de Maida. Quiero pensar que solo está esperándome aquí, porque tiene unas ganas por dentro. Por eso sigo la bata que se mueve delante. Se vuelve una vez. Dos veces. Imagino que va sonriendo en el pasillo. No le puedo ver la cara, porque me da la espalda. La puerta está abierta. Alguna luz se apaga por allá adentro. Queda la casa oscura. Una casa sin contornos interiores. Un lugar cerrado sin definición visible, y no me gusta eso. No me gusta el interior de una casa sin paredes que se vean, sin puertas, sin ventanas sencillas para mirar al exterior. Es la hora difícil. Entrar o no entrar.

Si me cogen aquí se puede armar un problema. Una bronca de verdad con machetazos y sangre. Mi sangre. La imagino correr por el piso y meterse bajo la cama. Allá va mi sangre abriéndose camino sobre los mosaicos. Deja un rastro claro que se pierde en los rincones. Desaparece y sigue allá, junto a las patas de la cama, culebreando y asomándose donde menos se le espera. Es mi sangre lo que veo correr, y eso me aguanta un poco. Wilberto es mi amigo, pero no tanto. Digamos que más-o-menos-amigo. A los amigos no se les hace esto. A los más-o-menos-amigos sí, aunque la sangre corra. La sangre corre con ese olor especial que la sangre tiene siempre. Es la sangre propia, diseminada sobre piso ajeno, puesta a secar en pequeñas islas rojas, olorosas, atrayendo las moscas y dejando ver que la vida se escapa lentamente, y uno mirando, quedándose tranquilo sin saber qué hacer, sabiendo que se muere por ese paso malo, por no haber pensado bien las cosas. Pero hay algún sabor en el peligro. Un sabor especial. Algo que obliga y llama, y uno decide pensar que las cosas van a salir bien. Uno se engaña de esa forma porque quiere engañarse, y uno se deja llevar por el olor de una hembra que se acabó de bañar y se pone ahí para que uno la vea. Por eso entro a la casa oscura. Hago como si no viera el charco de mi sangre sobre los mosaicos.

Hay un ruido de silla que se aparta. De pies que se arrastran por el piso. De respiración cercana. De cuerpo que choca con el mío. Es ella. Es la negra. Está desnuda. Solo estirar la mano y rozar el cuerpo tibio. Tocar lo que se quiera. Entretenerse un poco en las curvas invisibles. En los contornos y las vueltas. En la pelambre corta de animal y de hembra. Y arriba está ese resuello firme. Son olas en el aire. Una ola que llega y acelera la sangre. Después son brazos que se pegan al cuerpo. Manos que agarran y se cierran y obligan a seguir una ruta en las sombras. Una cortina roza la cabeza y los brazos. Todo es una clara sensación de fantasmas. Aquí estoy yo, dejándome llevar, sintiendo que me hundo en una cama blanda. Sobre los mosaicos vuelvo a ver el rastro de mi sangre. Es un camino largo. Un río con sus arroyos y sus pozas oscuras. Pero no importa. Afuera debe estar soplando el viento. Se moverán las cercas. Se pintarán de polvo. Un poco más y estarán amarillas. Yo estoy amarillo también dentro del cuarto oscuro. Yo amarillo y azul mirando sin ver nada. Solo sintiendo la presión de unas manos. Una lengua se acerca. Se deja ver la lengua con sus dientes.

En la oscuridad los veo. Y veo las curvas y las formas. Y todo es para mí. Para mí, todo.

Negra desnuda en la oscuridad puede ser mejor que cualquier cosa. Negra jovencita y limpia, recién bañada con jabón abundante, que llega sin aviso y se me prende al cuerpo. Mejor, con el olor a jabón y a agua. Con esa lengua y esos dientes dentro del cuarto oscuro. Tengo la luna guardada en el bolsillo. Para ella será.

No me va a importar que las paredes griten. Hoy no. Esta noche, no. Y no me importará que Wilberto llegue. Que se aparezca de pronto y me coja aquí. Que rompa la puerta de un trancazo y empiece a machetear con la luz apagada. Pero está la negrita muy segura. Me dice que no debo preocuparme por Wilberto. Me lo hace saber.

—No te preocupes. Él no viene esta noche. Nunca duerme aquí.

¿Quién sabe dónde estará pasando la noche ese muchacho? ¿Con quién? Pero no es mi problema. Lo mío es aquí, hoy, con la negrita. No tengo finca ni vacas, como Ramiro, ni un ranchito cómodo para pasar la noche con cualquiera. Y no soy una mosca para posarme en la ventana de Maida y verla desnudarse.

Seguro Daila Dailena y ella hacen sus planes cuando se encierran solas en el cuarto. Pasan horas ahí, probándose la ropa nueva que Maida compra, pantalones y zapatos caros de esos que venden ahora en la calle, y el alemán se queda esperándola en el portal. No debe importarle mucho esperar tanto tiempo. Él no habla español. Tiene dinero para venir a Cuba dos veces al año. Tiene su retiro en un banco de Offenback y su pasaporte actualizado. Bien claras tiene esas cuentas la mamá de Maida. Le falta dinero para terminar la cocina. Y el perro parece estar claro también. Me ladra a mí, por gusto, y al alemán no, ni a la gente que se reúne allá todas las noches. Solo a mí, pero eso ya no me preocupa tanto. Ya no. Ya encontré un rincón para matar el tiempo y las ganas. Con la negrita, bien, pero algo es algo. Una negrita joven, olorosa. Mejor una negrita joven que estar oyendo los cuentos y los planes de la gente en la casa de Maida, viendo que no le importo a nadie, ni me quieren oír, ni les interesa nada de lo que hablo. Y ahora aquí, entre las sábanas de la negra, voy descubriendo un poco las razones y las cosas.

—Búscate un trabajo —dice la negra—. Algo para pasar el tiempo. Para que no te vean caminando como un bobo.

Y es verdad eso que ha dicho. Yo siempre estoy de aquí para allá como un bobo sin dinero. Uno que pasa y llega a ver a Maida, porque no tiene nada más que hacer. Lo pienso un poco y me hago el importante. Le doy sus vueltas al problema y digo que sí. Con un trabajo el tiempo a uno se le va y ya no tiene que andar enseñándose tanto. Yo he trabajado, a veces, y entonces he tenido poco tiempo. Yo he sido un poco esa persona que se levanta temprano a coger un transporte para subir hasta las lomas y trabajar en el café. Yo me he visto en un camión abierto, llenándome de rocío en la madrugada, subiendo hasta los campos para vivir de algo. Yo he sido eso, y he bajado de noche, tan cansado que solo tengo ganas de acostarme en el piso y estar allí mirando al techo, tratando de olvidar el trabajo y el día con los ojos abiertos. Puedo hacer eso otra vez, y ser el hombre dócil que espera los domingos para levantarse un poco tarde y caminar por el barrio con las manos en los bolsillos, deteniéndose un poco a mirar las cosas viejas, las cercas y las casas, las mujeres que arrastran sus chancletas y se pintan las uñas, los muchachos que juegan y hablan y se fajan y se mientan la madre por las bolas perdidas, los viejos que miran con los ojos agachados y se aguantan el estómago cuando escupen en el polvo de la calle. Yo seré un viejo también cuando pasen los años, cuando la vida pase y me queden los recuerdos, y me dolerán las manos y la espalda, y escupiré en el polvo como los viejos del barrio. Seré como Cheché, que le rajaron la barriga como a un puerco por ese problema de las úlceras y ahora está allá en el hospital esperando morirse. Sí, yo puedo irme otra vez a las lomas y recoger café, y bajar por la noche lleno de fango y polvo rojo, y cobrar a fin de mes la mierda que me paguen, y seguir viviendo como vive tanta gente que conozco.

—Puedes trabajar en otra cosa —dice la negra—. Algo más suave. Aquí, en el pueblo.

Sí. Aquí en el pueblo hay trabajos mejores. Son cosas sencillas, y no hay que levantarse tan temprano. He visto a los hombres del barrio en esas oficinas calurosas y estrechas, riéndose con las mujeres y fumando sus cigarros, y parece que no les va tan mal. Se enredan en los papeles y se ríen. Siempre se ríen. Tienen esa costumbre de reírse, aunque no les den almuerzo en el trabajo. Tienen esa costumbre y tienen un título de contador o de algo. Pero yo sin un título no puedo. Sin un diploma del pre ni un papel de nada. Sin un cartón amarillo con sus firmas y sus cuños. No puedo trabajar en esos lugares limpios, ni reírme con las mujeres del pueblo dentro de esas oficinas, ni cobrar un buen salario a fin de mes, ni hacer planes, ni hacer nada. Hay plazas de recadero pero ya están cubiertas. Sería bueno tener un trabajo así, o ser repartidor de mandados a domicilio. Tal vez eso sea mejor. He visto a los muchachos y a los viejos que reparten el arroz y el pan en los barrios. Salen temprano de las bodegas con sus carretillas cargadas. Dan sus vueltas y ya la gente los espera. La gente espera siempre, y los mira desde lejos, y los maldice, porque tardan. Su propina tendrán, y seguro les sobra algo del frijol y del pescado. Ese es un buen trabajo para mí. Puede ser. Y ahora que lo pienso, puede ser lo mejor. Le doy sus vueltas al asunto y me veo empujando la carretilla por esos callejones en los días de lluvia, metido en el fango hasta los tobillos, y esas viejas despeinadas reclamando, porque llegué tarde, y los hombres mirándome con rabia y diciendo que ahora sí está bueno este país, porque a los vagos como yo se les permite ser repartidores. Mejor no. No me veo aguantando esas descargas. Eso es algo que no va conmigo, ni quiero tener esa obligación, ni quedar mal, ni esperar que alguien venga a reclamarme, porque llovió, porque se rompió el camión y la leche llegó tarde, porque el pan lo hicieron sin la grasa que llevaba y sabe a mierda, o porque mandaron una cosa en lugar de la otra y hubo quien no alcanzó y hay que culpar a alguien. Y la gente dirá que es mi culpa y me mirará como si de verdad fuera yo el culpable. Mejor no. ¡Que se vayan a la mierda con sus carretillas y sus sobras y su peste a pescado! Seguro hay algo mejor por ahí.

Un poco más y amanece. Me despego de la negra. Se me ha prendido y me aguanta entre las sábanas. Me dice que me quede un poco más. Pero no. Ya por esta noche he tenido bastante. Noche con negra es mejor que noche solo. Y eso del grito en las paredes parece que era mentira. Hay una calma y un silencio dentro de la casa. Me cuesta levantarme, porque la cama de la negra está caliente. Será otra vez que me cuele hasta aquí y deje que la negra me muerda la barriga suavecito. Tiene esa forma de morder la barriga y los muslos. Son mordidas suaves, espaciadas, que obligan a quedarse, aunque no se quiera. Pasa la lengua sobre la mordida y vuelve a clavar los dientes blandos. Deben ser blandos los dientes de la negra. Se aprietan sobre la piel de la barriga y los muslos y uno quisiera quedarse un poco más. Por la forma en que se prenden los dientes a la piel estoy seguro que habrá una próxima vez. Otras próximas veces. Otras oportunidades de pasarle la mano por las nalgas a la negrita fea y dejarla que muerda suavecito. Otras cosas que hacer antes que Wilberto se entere. Por ahora todo está bien y no soy el hombre más buscado. Falta saber lo que pasará cuando la noticia vuele, cuando empiecen los vecinos a decirlo por la cerca. Se me eriza la piel cuando miro al piso y veo el charco de mi sangre. Está brillando en la oscuridad con un color rojo intenso. Es tan intenso el rojo que los ojos me duelen. Mejor me apuro, no sea que al final llegue Wilberto y todo lo bueno de la noche se me joda.

Está bien oscuro todavía cuando salgo a la calle. Miro arriba y abajo y veo el barrio despejado. La gente duerme en el final de la noche. Voy a dormir también, y será un sueño tranquilo. Puede ser que sueñe con Maida. Quizá la vea desnudarse cuando salga del baño. Puede ser que en el sueño yo sea una mosca hambrienta y ágil y me pare en la ventana, y que mire desde allá todo lo que Maida esconde bajo la ropa. O puede ser que reparta los mandados en los barrios y empuje mi carretilla en el fango de las calles. Puede ser. Todo eso puede ser. Pero será un sueño tranquilo. Estoy seguro.

Paso frente a la casa donde el alemán está viviendo con Dailena. Deben estar acostados ahora en ese primer cuarto. Dicen que hay puro lujo ahí, pero yo nunca lo he visto. Baño de lujo también. No se nos permite ver, y a mí se me permite menos. A la gente como yo se le mantiene lejos. No se nos invita nunca, ni se nos dice la forma de lograr las cosas. Imagino a Dailena en esa cama. La veo salir del baño y quedarse desnuda para el alemán. ¡Tiene tanto para dar a un pobre diablo como yo! No por gusto Franz vino a vivir tan lejos y a gastar los mil euros del retiro. Es la suma mensual que se gasta en esa casa. Comida sabrosa y gustos caros. Fiestas privadas, bien surtidas, con invitaciones específicas y puertas cerradas para el barrio. Saco la cuenta, y multiplico, y la cuenta no me da, porque son números grandes. Demasiado grandes los números de un mes. Yo con un salario tengo. Con algo que me alcance para ir viviendo, tirando ahí, hasta que las cosas mejoren para mí. Hasta que me haga un viejo como Cheché y los otros y escupa la vejez sobre el polvo de la calle.

Ahora, con la negra, los gastos pueden ser menores. Si me guarda comida por las tardes ya eso será algo. Pero el trabajo hay que buscarlo, y lo tengo todo claro en la cabeza. Todo claro y concreto, como le gusta decir a Maida. Otra vez Maida. Se me aparece siempre. Se las arregla siempre para estar aquí. Y yo no sé si debo estar contento, porque Maida va conmigo. Ya no lo sé, ni lo quiero saber. Yo tengo sueño ahora. El sueño de la mosca llena, puede ser. El sueño fuerte de la mosca joven que se cansó de estar en la ventana y encontró un mejor lugar para saciarse.

CAPÍTULO 5

EL INVITADO

Al viejo Cheché ya lo dieron de alta. Un poco flaco el viejo, tiene una cicatriz en la barriga. Unos puntos que le dieron, y se ve bien la herida, va sanando muy rápido. Y el viejo anda con apetito, con sueño siempre. Se queda un rato mirando al grupo y se aguanta la barriga. Ahora que está operado sigue teniendo la costumbre de venir y quedarse un rato mirando. Oye las cosas que se dicen sin entender lo que pasa. Envidia estos años de nosotros y se come a Dailena con los ojos. A Maidelín también se la come un poco, y ella mueve los muslos y los abre. Se amasa una teta y casi enseña todo, y el viejo se aguanta la barriga y tose y dice que se va.

Se va el viejo y la gente espera que se aleje un poco. La mamá de Maida vuelve a decir que le sacaron el estómago. Wilberto dice ¡*Oooh!* A Maidelín no parece importarle. Ramiro se rasca la cabeza. Aprieta los labios. Dice Ramiro que la herida no es tan grande.

—No entiendo. No puede ser. ¿Cómo le van a sacar el estómago por ahí?

Todo el mundo lo mira. Hasta yo lo miré mal. Yo, sentado aquí, con mi uniforme nuevo de custodio. El uniforme gris de los guardianes nocturnos. Dice Maida que el pantalón me queda bien.

Lo dijo igual cuando llegué ese día y me paré en el portal con la gorra en la mano. Se asustó Maida esa tarde. Me miró sin reconocerme. Llevaba días sin llegar a su casa y ahora me le aparecía vestido de uniforme. Seguro pensó que yo era un policía y andaba averiguando por ella. En el barrio es así. La gente prefiere cualquier cosa menos que un policía se les pare en la puerta y empiece a preguntar. Maida asomó la cabeza detrás de las cortinas. Me miró desde allá y le hice unas señas con la gorra. Vi su cara asustada y sus ojos que se pusieron grandes de pronto. Pero me reconoció después y se acercó trotando por la sala. Riéndose venía, como una perrita sata. Decía que cómo podía ser, y si de verdad era yo, y lo bien que me veía. Me pidió explicar y decir, y al final yo creo que le gustó la cosa. Le gustó que trabajara de guardián en el museo del pueblo. Era un trabajo limpio y se pagaba bien. Con sus problemas, claro, porque debía estar en pie la noche entera y debía andar siempre en uniforme, siempre con la gorra puesta, como decía en el reglamento, y ahí tuve que explicar cómo funciona todo: las tres noches de guardia y las tres de descanso, la entrada por la tarde y la salida al amanecer, las rondas obligadas por las salas del museo, la firma y los apuntes en el libro de incidencias, el estímulo mensual y el salario que no era malo. Bueno, nunca sería tan malo como en el café, y Maida sabía. Me dijo que todo estaba bien, que podía venir en las noches libres, como antes, y quedarme hasta tarde, porque estaba extrañando ese lugar vacío donde yo me sentaba. Dijo que me extrañaban todos y preguntaban dónde estaba, y ahora seguro se alegraban y querían saber de ese trabajo nuevo, y cómo fue, y cómo pasó. Me pidió que viniera por la noche para que hablara claro y concreto de todo eso. Me iba a esperar y mi sitio de siempre iba a estar ahí. Pero me rogó que viniera vestido de custodio, si no era molestia, para que la gente viera y se dejaran de hablar mierda de mí porque decían que era un vago y un inútil. A ver ahora qué decían cuando me vieran con mi gorra y mis colores oficiales y mi bastón colgado al cinto y mi linterna larga y ese aire tan serio de policía y de gente grande que solo en mí se veía tan aceptable.

—El pantalón te queda bien. Muy bien te queda —dijo Maida cuando me vio llegar esa noche.

Lo dijo en serio, y se lo dijo a todos, y me hizo caminar y dar mis vueltas para que todos miraran. Un poco flaco, decían todos, y el hijo de Carmen alargó la mano para tocar la tela. Me aparté a tiempo, y el alemán miraba. Se me quedó mirando y le dijo algo a Daila Dailena. Se lo dijo en alemán, seguro, y Daila Dailena preguntó si era verdad que estaba trabajando en el museo.

Tenía que explicar otra vez, y decir de las tres noches de guardia y tres de descanso, y de las vueltas por las salas, y de las firmas en el libro y los estímulos de fin de mes, pero no hizo falta, porque la mamá de Maida salió en ese momento y dijo que al viejo Cheché ya lo dieron de alta y le sacaron el estómago, que ya estaba ahí en su casa y la herida se veía bien. Ramiro no entendió. Dijo que eso no podía ser. Que la cicatriz no era tan grande, ni se veía que fuera grande alguna vez.

—Un cortecito es lo que tiene el viejo en la barriga. ¿Cómo van a sacarle el estómago por ahí?

Muevo la cabeza, como todos, y lo miro desde abajo. Nadie le habla a Ramiro, y yo tampoco. No voy a perder el tiempo contradiciendo a nadie. Mejor me pongo para la cosa y oigo lo que dice la gente, los cuentos que hacen, y aprendo lo que tenga que aprender.

Maidelín y Maida están planeando irse para Varadero. Dice Maidelín que ahora debe estar fácil, por la temporada alta. Llegan aviones cargados de turistas inocentes. Montones de extranjeros que no hablan español. Caen como moscas con las carteras abultadas y están locos por gastar en cualquier cosa. Buscan mujeres bonitas, como siempre, y pagan bien.

—Están llegando rusos con dinero. Un jamón. Ni policías hay.

El hijo de Carmen dice que se va con ellas. A lo mejor se encuentra un alemán por allá, o a Yunisliel. Al barbero, quizá. Se tirará unas fotos para regalar. A los rusos puede interesarles, puede ser. El problema es atreverse, y probar con lo que sea. Nadie sabe dónde está la suerte.

Ya aprendí a decir *Guten morgen*. Lo digo con trabajo, pero lo digo. Con la lengua enredada y la cara tiesa y larga, pero lo digo igual y me hago entender. El alemán me entiende. Quiero practicarlo con él. Se me queda mirando y moviendo la cabeza. Me mira el uniforme y la cara. Me dice que repita. Pone la boca de una forma y se le hinchan las venas. Difícil eso, pero no tengo que apurarme. Pudiera quedarme un poco más, ya estoy acostumbrado a no dormir de noche. Me gusta mi trabajo nuevo. Me pongo el uniforme y camino por el barrio. Veo a otros hombres vestidos como yo. De azul, o gris, o tonos claros. Se me ocurre contarlos y saber cuántos somos. Nunca lo había pensado, pero somos bastantes. Todos con el mismo paso. La misma velocidad. Con la gorra en la mano y una mochila al hombro. Algunos con bastón de goma colgado en la cintura, y otros con radios y comunicación. Se dan sus aires y su tiempo. Yo no. Yo solo tengo el uniforme y la linterna. Tengo el bastón, claro, porque sin bastón no se puede. En el museo no hace falta otra cosa. Únicamente firmar el libro y caminar por las salas y la cueva artificial. Y las salas no son tantas. Hay una de aves disecadas. Las auras y los gavilanes parecen de verdad. Hay culebras en alcohol, y ratones, y piedras, y hay otra sala de arte y cuadros. Son pinturas colgadas en la pared. Muchas pinturas que nadie viene a ver. Seguro las vieron ya. Aquí en el pueblo hay poca gente que quiera ver pinturas. Son los mismos cuadros viejos colgados en la pared durante tanto tiempo. De noche me entretengo mirándolos. Los alumbro y los miro. De tanto mirarlos me da sueño. Me aburren ya. Me acuesto un rato en la cueva artificial. Tienen un indio allí. Un indio grande que parece real. Está acostado entre las piedras y las hierbas secas, y duerme. Siempre duerme. Ahí me acuesto, a su lado, y la noche pasa rápido. Por la mañana firmo el libro y me voy. Llego al barrio y trato de dormirme rápido. Empiezo a dar vueltas en la cama. Me acuerdo del indio acostado entre las piedras, y me levanto.

Me paso el día vestido de custodio y me entretengo mirando a la gente. Son los viejos de siempre, y los muchachos, y los hombres que esperan el domingo para dormir bastante. Yo no. Me da lo mismo el día que sea. De día duermo poco, y de noche estoy en el trabajo o en la cama de la negra. Voy allá después que salgo de la casa de Maida, después del alemán y los muchachos, y después de oír todos los cuentos que hacen. Ahora soy uno más del grupo. Me tratan bien, pero hablo poco. Lo necesario, y solo eso. Aprendo un poco del idioma cada noche, y Franz me pregunta del trabajo, si gano bien, si me dan algo de merienda. Me habla del museo de arte de Frankfurt . De las cosas que hay allá. De cuánto ganan en Alemania los custodios. Y yo lo oigo todo como si fuera algo interesante. Es para no romper el grupo. Para no disgustar y que me aparten otra vez. Pero me cansa Franz con todo eso que dice. Me cansa, y ya no sé si mandarlo a la mierda en alemán o si al final será bueno dejarlo hablar para que practique el idioma.

Ahora no tengo sueño. Entre ese asunto de Cheché y lo que dice Franz se me alarga la noche. Dice Franz que después hablaremos. Después, un día de estos, cuando no haya tanta gente. Seguro cree que de verdad me interesan los museos y las cosas que cuenta. Lo chapurrea todo en alemán y español. Se hace entender por señas cuando no encuentra las palabras. Vuelve y habla sobre el museo de Frankfurt . Empieza a comparar y a decir que los custodios de allá tienen sus carros y sus apartamentos cómodos. Que ya lo veré un día si puedo ir a Alemania. Y le digo que sí, seguro, cualquier día compro mi pasaje y me aparezco allá en Frankfurt , me doy mis vueltas por el museo de Offenback y les digo a los alemanes que por acá todo está bien.

Me desespera Franz. Se acerca para hablar y abre la boca y enseña los implantes de las muelas. Paso la vista por el grupo y trato de enfocar otra cosa. Veo que Maida me está mirando bien. Ella y Daila Dailena me están mirando bastante esta noche. Hablan y miran hacia mi posición. Y Maidelín también me mira desde allá. Cuando traen el refresco a mí me dan primero. Y todo está muy bien con el refresco y todo eso, con las miradas buenas de Maida y con la atención que me pone la gente, pero yo miro a Wilberto. Está sentado ahí como si nada pasara, y así es mejor. Tengo la noche libre y unas ganas tremendas de acostarme y oír el grito en las paredes. Alguien espera la luna que tengo en el bolsillo. No soy una mosca, recuerden.

CAPÍTULO 6

UN HOMBRE ACABADO DE NACER

LE DOY UNA VUELTA AL INDIO Y LO VEO ACOSTADO EN el lugar de siempre. Está oscuro aquí, en la cueva, como debe ser en una cueva de verdad. Cuando la noche es fría se duerme bien aquí. Ya lo he probado, a veces, después de andar y andar por esas salas y mirar las mismas cosas. Una lechuza con las alas abiertas. Un aura que me mira y no me quita los ojos. Pichones de cernícalo en un nido de hierbas. Un majá con su jutía, abrazados los dos. Interesante, puede ser, por toda esa historia del abrazo que la gente cuenta siempre, pero me aburre eso. Le doy un golpe al aura en la cabeza para que no me mire, y el aura tuerce el cuello por el golpe. Se queda mirando hacia otro lado, a los ratones que bajan por el tronco del júcaro. Debe ser júcaro. A lo mejor no es júcaro, pero yo quiero que lo sea, porque me gusta esa madera. Todo es gris aquí, o marrón, o plumas negras deshilachadas. Hay algo blanco, pero poco. Algunas manchas blancas en el lomo y el pecho de las aves, pero en general los colores son oscuros. Predominan los colores del aura; los tonos negros. Dicen que en el campo abundan los colores vivos. Prefiero rojo y azul, o algo brillante. Pero todo es negro aquí, y opaco, y no me gusta. Son bultos oscuros en forma de animal y de pájaro. Troncos grises cortados con sierra que deben ser de júcaro, por el color y la forma de la cáscara, y ratones oscuros que bajan por los troncos con los ojos brillantes y las caras asustadas. Miran al aura, o al cernícalo que alimenta a los pichones, o a la lechuza confundida entre tantos tonos negros, o al majá que se abraza con la jutía en un agarre fuerte y no se sabe quién es quién. Con la linterna todo se junta en una sola forma oscura.

Me gustan más los colores en la pared. Los cuadros están ahí donde han estado siempre; llenos de polvo y telarañas, por el tiempo, y porque nadie se detiene a limpiarlos con un paño. Me entretengo pasándoles un pañuelo seco por el marco de madera. Me gusta hacerlo. Me da un placer que sube por la mano. Pero me han dicho que no se debe tocar nada. Me lo advirtieron el día que firmé el contrato. Se me acercó la directora y me dijo que cuidado, que no podía tocar ni una pluma de aura, ni una piedra en la cueva del indio, ni la esquina de un cuadro. Pero no los limpia nadie y me da por hacerlo. Lo hago con el pañuelo seco. Lo limpio todo, los marcos y los lienzos, sin dejar una marca en la pintura.

A esta hora nunca viene nadie. Solo el supervisor que venga a revisar si el custodio está dormido. Antes era aburrido aquí, alumbrando las paredes y el baño. Cuando había fiestas en la calle todo era mejor. Las parejas se escondían en el pasillo y empezaban a hacerse sus cosas. Sus manos pasadas con descuido, y sus bocas chupando piel a pocos metros. Me gustaba todo eso y los miraba por un hueco en la pared. Uno puede masturbarse aquí como en los tiempos de la secundaria, y yo me masturbaba una o dos veces, porque la noche era larga y las parejas empezaban a hacerse cosas en el pasillo. No sospechaban que el custodio estaba adentro y los miraba por un hueco. No sospechaban que el custodio era yo, que me aburría de dar vueltas por las salas, que tenía mi hueco en la pared para mirarlo todo y me masturbaba, porque no había nada mejor que hacer. Me pasaba un rato mirando a las muchachas. Me acostaba en el piso y lo veía todo mejor. Se veía mejor desde abajo por las hendiduras en las tablas de la puerta. Veía a las muchachas de mi barrio que llegaban con uno que no era su novio y se escondían en el pasillo. Las miraba retorcerse y abrir las piernas, pero ahora no. No puedo hacerlo desde que empecé a fijarme en todo eso de los cuadros, en toda esa pintura que nunca decía nada. Ahora sí me dice algo la pintura. No sé lo que me dice, pero sé que dice algo. Lo tiene que decir. Me quedo solo aquí, mirando, y trato de entender lo que los cuadros dicen. No todos dicen algo, y eso lo entiendo. O lo dicen, quizá, pero no es para mí. Alguno, como ese de la esquina, dice más de una cosa.

Es algo que no sé, y lo miro, y trato de meterme adentro y entender lo que dice. Es un hombre desnudo sobre el piso. Tiene que ser un hombre por la forma del cuerpo. Está acostado en esa posición difícil, metiendo la cabeza entre los brazos, escondiéndola de la gente, puede ser, como si hubiera nacido ahora mismo y le fuera imposible o doloroso mirar al mundo, afuera, a la sala donde las auras se han quedado tranquilas para siempre. Quizá le duele mirarme a mí que estoy aquí viéndolo todo, dejándome llevar por los colores y las formas, imitándolo un poco, sin querer, torciéndome los brazos y escondiendo la cabeza entre los hombros para no verme y ser igual, sentir igual, lo mismo, aplastándome un poco sin poder verle los ojos, sabiendo que están ahí, del otro lado, y me miran también.

Deben mirarme. Deben. O quizá no hace falta que me miren. Saben que estoy aquí, tan cerca, y no tienen que mirarme. Alumbro desde cerca y toco la pintura. Se siente fría la tela. Ahora entiendo por qué les ponen cristales a los cuadros. Tiene que ser para cuidarlos de alguien como yo, uno que venga y le guste andar tocando, quitándose la grasa y el polvo de los dedos. Mirar es bueno, desde lejos, parado allí en el centro de la sala, tratando de buscarle sus vueltas a eso que los pintores hacen. Pero si se toca la pintura debe ser todo mejor. Pasar los dedos y sentir. Saber que lo hizo alguien, un hombre como uno que tiene el tiempo y sabe hacer esas cosas, un individuo cualquiera que estudió pintura y arte, porque esas son cosas que se estudian. Se pasa años aprendiendo en una escuela, tratando de lograr algo que sirva, y lo que sirve es eso, algo que obliga a uno a mirar, aunque no entienda, aunque le brinquen delante los colores y se le confundan las formas y los trazos, pero uno mira y busca y trata de entender lo que hizo el pintor. Y uno empieza a entender que el pintor se pasó muchas noches con los ojos pegados a la tela, que masticó el pincel, porque los colores no salían, y se alejó para ver mejor, y se detuvo allá, junto a la puerta o la ventana, pensando si era todo una gran mierda o si podía mejorarse. Al final decidió que estaba bien así. Se acercó y mordió el pincel otra vez y escribió su nombre en una esquina del cuadro: Carlos Vinueza. Lo dio por terminado y se fue a acostar, porque ya la noche se acababa. Se quedó viendo el sol que empezaba a salir detrás de las lomas, si vivía en el campo; o quizá no vio el sol ni vio nada, porque tenía demasiado sueño y los ojos se le cerraban solos y tenía en la lengua el sabor de la pintura. Pero se acostó pensando en todo eso y no pudo dormirse rápido, porque le faltaba poner un nombre a eso que había hecho. Se levantó otra vez. Se quedó mirando la figura que se retorcía sobre un piso invisible, y decidió que lo llamaría *Meditación*, porque eso parecía, o lo creyó así en ese momento, y así está escrito en la chapilla: **Carlos Vinueza, *Meditación*, 1965**.

Hago lo mismo que el pintor. Me alejo y miro. Tengo su mismo sueño, aunque no haya pintado nada en la noche. Tengo en la lengua el sabor de la pintura. Son tonos grises también, pero más vivos. Color de fruta, se me ocurre. Color de chirimoya y tamarindo. Se imita bien el color de la piel. Es mi propio color. Me he visto así, desnudo, mirándome en el baño. A veces me he mirado, de mañana, cuando no hay nada que hacer y me levanto tarde, cuando salgo al patio de mi casa y me quedo esperando que la vecina diga cualquier cosa. Siempre la dice. Me vigila y ya está en el patio cuando salgo. Todo lo sabe mi vecina cuarentona. Todo lo quiere saber, y lo pregunta todo. Si encontré una mujer, o si encontré un trabajo. Si me duele la cabeza, o si no me duele. Tengo que responderle siempre sin ponerme bravo. La dejo que pregunte y que se quede ahí, hablando cualquier cosa por la cerca, fijándose si estoy más gordo ahora con el trabajo nuevo, si tengo alguna cana ya, y dice que me acerque para mirarme bien. Ahora, mirando la pintura en el museo, recuerdo lo que la vecina dice de mi piel.

—Fruta madura —dijo un día.

Sí. Color de chirimoya, puede ser. Con el sol mi piel es como esa. Me brilla igual. Si está limpia, mejor. Espero que el hombre levante la cabeza y me enseñe los ojos.

Enfoco la linterna y hago círculos en la pared. Lo veo borroso y pálido. Inmóvil, y no me gusta eso. Cansado, me parece. Alguien cansado de vivir, como la gente de mi barrio. He visto gente así, que miran sin mirar y esconden la cabeza entre los brazos. Gente aplastada, como yo, tratando de seguir. La viejita del barrio, por ejemplo, que sale a coger sol cuando el sol está bajo. La sacan al portal y la dejan ahí. Se le cae la cabeza sobre el pecho, metiéndose entre los hombros y los brazos, desgajándose de arriba y colgando así, como una fruta muerta en su silla de ruedas. Olvidada por todos, me parece, y me da lástima. El hombre igual, pero se ve que no está muerto. Solo cansado, o acabado de nacer. Tiene los músculos y la piel estirados. Parece que le duele estar ahí. Vivir le duele. Es un hombre desnudo que se arrastra sobre un suelo invisible. El lugar no tiene contornos ni figuras. Solo el hombre. Un hombre como yo. Debo ser yo. Si fuera yo me arrastraría también. Me buscaría un lugar y escondería la cabeza y los ojos para no verme más, ni ver el mundo alrededor, ni tener la obligación de aceptarlo todo como es, ni sentir pena o vergüenza por haber nacido de la forma que se nace, ni estar al tanto de los cambios ni de la gente ni de lo que dirán cuando miren a uno, cuando lo vean aparecer cansado, del trabajo a la casa en una ruta invariable, ni saber que detrás de las cercas hay tanta gente hablando, fijándose en todo lo que uno hace, gente que tiene tiempo suficiente para hablar y decir y llamar la atención sobre esa figura inútil que es uno. Y uno allí, pasando frente a esas casas, porque no hay otro camino, loco por llegar al sitio propio y desnudarse y esconder la cabeza entre los brazos y los hombros, lejos del trabajo y de la gente, lejos de la vecina que me vio llegar y enseguida va a decir cualquier cosa por la cerca.

Salgo a la calle y dejo el cuadro solo. Lo dejo que descanse por el resto de la noche. Mañana vendrá otra gente a mirar, a preguntarse quién es y por qué está así, o si el artista quiso decir esta cosa o esta otra. Lo dirán sin conocer al pintor, sin saber si le fue bien o le fue mal después de haber hecho lo que hizo, si le sirvió para seguir viviendo, o si mandó a la mierda al mundo y se pegó un tiro en la cabeza, porque estaba aburrido hasta la muerte y cansado de tantos tonos grises. O puede ser que no venga nadie, o que alguien llegue y pase cerca sin detenerse a nada, o que nadie pregunte, ni se moleste, ni tenga tiempo para mirar a la pared, porque solo entró a saludar o a dejar un recado y se fue rápido, se apuró a la calle a resolver los problemas propios de hombre o de mujer.

Ahora que la noche se termina no anda nadie por el pueblo. Ni la gente de mi barrio, que están siempre por aquí, ni de los barrios de más allá. La noche sola y larga, tan tranquila en estos tiempos, tan a la mano ahora que me voy acostumbrando, me va gustando este trabajo, soy uno más de los custodios de mi barrio que visten de gris, o negro, o azul claro. Somos interesantes para las mujeres, porque nos miran de la forma que uno sabe, y nos ven siempre tan serios, tan estirados, haciéndonos los tipos duros, importantes, con un salario fijo y una reputación como si fuéramos policías. Casi lo somos. Lo somos, pero no tanto. Somos policías sin pistola ni chapa: simples polizontes con su bastón de goma que se duermen en los turnos, porque no aguantan la soledad y la noche. Nos ven pasar hacia la guardia levantando el polvo con las botas, mirando siempre al frente, porque así se nos enseña. Pensarán que somos serios de verdad, porque no hablamos con nadie. Nos ven vestidos de azul o gris y nos tienen miedo. Se cuidan de comprar o de vender cuando estamos muy cerca. Esconden la mano con la mercancía o el dinero y esperan que estemos lejos. Cuando los vendedores pasan pregonando la cebolla o el ajo bajan la voz y nos miran haciéndose los locos, los inocentes, como si cargaran alguna culpa y quisieran esconderla. Aquí, mirando el cielo y las calles vacías, soy el polizonte simple de mi barrio. Soy uno más entre tantos polizontes simples y asqueados. Saco mis cuentas de lo que ganaré en el mes, de las tantas horas que pasaré sin dormir, del tiempo que seguiré aplastándome contra las paredes del museo. Lo mismo diría Franz: cubanos animales aplastados que se matan trabajando por centavos. Ahora sé que no me gusta eso, ni me gusta que Franz se me pegue tanto cuando habla. Se me pega y empieza a vomitar en alemán, a decirme que en Offenback y en Frankfurt los custodios ganan más. Saca unas cuentas y le alcanza para un pasaje de avión, y todos miran y oyen y dicen que sí, que así es como hay que hacer: trabajar y servir, porque hay que vivir de algo. Pero saco mis cuentas y veo que en realidad es una mierda lo que gano. Franz lo dice de esa forma que se entiende. Maida mueve la cabeza y dice que así no debe ser. Wilberto mira hacia mi asiento como si supiera algo. Ramiro se ríe allá en su puesto; me mira y ríe y está claro que se ríe por algo. Veo que todos ríen y me miran y me dicen que oiga bien lo que está diciendo Franz, que me destupa los oídos, porque me conviene oír, y la mamá de Maida me trae un refresco sin que yo lo pida, y hasta el viejo Cheché se queda cerca y oye la conversación. El viejo mueve la cabeza diciéndome que sí, que me conviene eso, que lo oiga bien y esté tranquilo, que si hago las cosas como dice Franz todo saldrá sin problemas.

Ahora, mirando la noche y las calles vacías, todo eso regresa: las tantas noches en el portal de Maida; la tanta conversación y las palabras que se dicen y se dejan oír aunque uno no quiera; la vecina que seguro me espera hasta que llegue y tiene lista su conversación. Veo las caras y la gente. Los muslos de Maida y Maidelín, tan parejos y lisos, se dibujan ahí. Sobresalen de la ropa corta, piezas tan ajustadas, tan fáciles de quitar cuando se tiene apuro. El hijo de Carmen también se adelanta y se pone en el medio. Interfiere la vista y me obliga a respirar su mismo aire. ¡Maldito maricón! Nunca se metió conmigo, y solo ahora, esta primera vez, todo ha cambiado. Descubro, sin embargo, que sigo siendo el mismo. Me pregunto qué tienen todos que se ven tan atentos, tan sociables conmigo como si hubiera ganado en la bolita. El maricón también se mete y habla y me echa el aire en la cara. Me suelta directo a la nariz el aire de su respiración. Se pega y habla alto, se me acerca y me pone la boca demasiado cerca el maricón del barrio. Y todo porque Franz lo deja adelantarse y meter la cabeza. ¡Maldito Franz! Tiene esa propiedad de atraer a la gente cuando habla y la gente se le quede oyendo. Se le quedan mirando y dejándolo hablar. De pronto solo es Franz quien habla. ¡Lo rápido que aprende el español! ¡Tantas palabras aprendió en estos últimos días! Dice las eses y las erres con una fuerza que aturde los oídos. Pero son cosas interesantes las que dice. Hace cuentos de verdad, de las cosas que ha visto en toda Europa, de los salarios y los viajes y los hoteles y las tiendas, de las mujeres jóvenes que han llegado de Rusia y Polonia y andan deambulando por los parques de Frankfurt y te hacen de todo por unos pocos euros. *Natashas* y *Yelienas*, dice Franz. Las describe desbordadas y jóvenes, tan buena carne blanca, solo pagar una miseria y tienes dos o tres para ti solo, rubias de ojos verdes y piel tan lisa y suave, nalgas tan duras que da rabia tocarlas, tetas y pezones que nadie ha visto en Cuba. Así lo dice Franz, y me mira cuando dice eso. Me mira y adelanta la cabeza para que lo oiga bien. Los demás mueven la cara y adelantan el cuerpo diciendo que me fije bien en eso que dice Franz. De pronto el mundo es Franz, el alemán. Tiene unos cuentos para todo. Puede que todo sea verdad, y puede que sea verdad eso que dice, que me va a ayudar a resolver mis problemas para siempre, todo incluido, permiso de trabajo y pasaje de avión, un puesto bueno en Frankfurt, de guardián en un museo, si lo quiero así, o puede ser en otra cosa. Se pone a enumerar trabajos buenos en tiendas y gasolineras. Dice que con esa cara mía puedo estudiar y ser gerente de hotel o de aeropuerto. ¿Quién sabe y con el tiempo se me borre la estampa de guajiro y tenga el porte y la figura de los blancos de Europa? ¿Quién sabe y vuelva al barrio y sorprenda a la gente con aires de tipo fino y gente grande? Las mujeres se me darían por montones aquí en los barrios. Cuando yo vuelva ya las niñas de doce tendrán sus diecisiete. Franz insiste, que me fije bien y me aprenda los nombres, que para esa fecha se irán conmigo por una caja de cigarros con filtro, o unas cervezas, o un pedazo de carne. Pero yo… tranquilo.

Yo sin apuro ahora y concentrándome en las cosas, haciéndolo todo bien, todo en su momento y su lugar exacto para no fallar y no hacer que se joda todo y se jodan los planes y el futuro. Yo escucho todo eso sin hablar. Sin entender aún. Yo todavía tengo la incertidumbre y el miedo. Y solo ahora, viendo la noche y las calles vacías, lejos de mi barrio y de la gente que conozco, empiezo a darle vueltas a la idea, a buscarle sus lados malos y sus cosas buenas.

Porque los tendrá, seguro, si es como dice Franz. Así lo dijo esa noche cuando estuvimos solos. Estábamos hablando un poco de las cosas y conversando del tema y me juró que nadie más sabía nada. En alemán juró como se jura en alemán. Dijo que la operación era segura. Me arrastró a su casa que parece un palacio y me empujó hasta el cuarto donde duerme con Dailena. Seguro se le desnuda allí Dailena cuando sale del baño. Sale envuelta en una toalla y se la quita despacio. Le enseña el pecho y una parte de los muslos y las nalgas, y el alemán allá, recostado en una esquina de la cama, mirando que ya Daila Dailena se bañó y llegó la hora de acostarse con ella. Gana mil euros al mes por el retiro de Offenback y lo gasta todo en esos viajes que hace, en esa vida que lleva y esa mujer que tiene. Son cosas de cobro y pago, te doy lo mío, pero a cambio me darás lo tuyo. Yo pensaba en todo eso cuando Franz abrió la puerta del escaparate y sacó un paquete envuelto en sábanas. Desenrolló con calma el envoltijo diciendo que ahora mismo yo iba a ver. Puso sobre la cama una tela pintada e indicó acercarme. Me quedé allí mirando, tratando de entender.

Era el mismo cuadro del museo. En la esquina se leía Carlos Vinueza igual, y todo era igual como si se tratara de una fotografía gigante con sus colores y sus detalles exactos. Tenía que ser el mismo cuadro, y miré al alemán, y el alemán me miró. ¿Qué coño, Franz? Si no me lo explicaba no podía entender. Él movió su cabeza de alemán. Hizo unas señas para que me calmara y me dijo otra vez que ahí estaba mi futuro, que no fuera bobo, que podía vender el cuadro original en Alemania si yo lo sacaba del museo y colgaba la copia en la pared. ¡Qué coño, Franz, ahora sí te entiendo, ahora sí vamos a hablar! Y hablamos. ¡Cuánto hablamos esa noche! Hablamos tanto y tantas cosas, de los permisos y los viajes, de las mujeres jovencitas que te hacen de todo por dinero, de las *Natashas* y las *Yelienas* con los pechos y las nalgas firmes, de toda esa gran vida buena que vive Franz aquí. Del precio probable de la mercancía también hablamos, porque era bueno que lo supiera para saber cuánto me tocaba en el reparto. Pero Franz: dijo *Nij biten,* o *Bij niten,* no sé bien. Habló tan rápido esa noche que no se entendía nada. Movió sus manos gordas de alemán y dijo que confiara en él, que lo pensara todo, que nadie notaría la diferencia y tendría tiempo suficiente para irme en un avión directo a Frankfurt . Se encargaría de todo eso para que yo no anduviera dando vueltas por embajadas y oficinas del gobierno. Después le pagaría, cuando tuviera mi parte en el bolsillo o en un banco de Alemania y estuviera instalado en una casa de Frankfurt viviendo esa vida dulce que se vive en Europa.

Otra vez, mirando la noche y las calles vacías, recuerdo todo eso. Amanece y sigo aquí pensando, dándole sus vueltas al problema, decidiendo lo que debo hacer. Me acerco al cuadro y me veo un poco en la pintura.

Amanece y ya me veo sin tener que alumbrar con la linterna. La poca luz que entra me deja verme bien. El hombre sigue ahí. Ahora somos uno solo. Cuando salgo del museo el hombre va conmigo. Se arrastra empujando con las piernas. Saca fuerzas de abajo, de algún lugar del cuerpo, y se arrastra a mi lado. Yo soy el hombre que está ahí, y me quedo en el cuadro. Lo miro una última vez antes de irme. Lo dejo allí, arrastrándose en la pared, y empiezo a caminar hacia mi barrio. Te lo dije, Franz, no es fácil decidirse. No se puede arreglar todo así como tú dices.

Es peligroso eso. Peligroso. Poner la cara como si nada pasara cuando uno sabe que lo que hizo es malo. Pero Franz diría *Nij biten* otra vez. Hablaría de esa vida tan dulce con dinero, de esas mujeres que te comen la piel con una lengua húmeda y caliente y esos viajes en avión por medio mundo. Cuando entro al barrio ya el sol está caliente. La viejita está afuera. Toma su sol y mira al suelo y al polvo. Parece que durmiera con los ojos abiertos, o que pasó la noche ahí, sin sueño, como yo. Una noche completa sin dormir y a uno le queda ese cansancio. Puedo dormir ahora, o tirarme un rato en la cama de la negra y dejar que me muerda la barriga y los muslos con esos dientes blandos, o sentarme con Maida y mirarle los ojos y las piernas. Todo eso puede ser, pero no quiero. No me hace falta dormir ni ver a Maida, ni pasarle la mano por las nalgas a la negrita fea. Quiero acostarme en el piso limpio de mi casa. Eso es lo que quiero hacer ahora. Entrar al patio sin que me vea la vecina. Sin que venga a molestar o a decir cualquier cosa. Quiero estar desnudo sobre el piso limpio, lejos de la vecina y de la gente, escondiendo los ojos y la cara entre los hombros y los brazos, decidiendo si debo hacer eso que dice Franz, si está bien o está mal todo ese asunto, si al final valdrá la pena y no tendré que arrepentirme. Una cosa es lo que dice Franz ahora, pero yo no soy bobo. He oído de negocios que parecían tan fáciles y al final se volvieron nada. Sé de gente que lo tenía todo pensado y después tuvo que vender hasta la casa. Gente que se tiró al mar, porque las cosas no salieron bien y el mar se los tragó sin decir una palabra. Ahora puede ser igual. Conmigo y con el cuadro, igual. Una cosa es lo que dice Franz, pero todo eso hay que pensarlo bien.

CAPÍTULO 7

VOCES, AMAGOS Y CONSEJOS

Todo lo oyen esas matas espinosas que aquí llamamos atajanegros. ¡Cuántas cosas no sabrán de nosotros, si hasta nuestros sueños crecieron entre sus espinas y el primer amor se nos pinchó alguna vez! Pero no importa eso ahora. Nada importa. Estamos aquí, reunidos como siempre, haciendo cuentos de relajo y dinero y sangre bajo la luz chillona del bombillo de Maida. Nos reímos un poco de las cosas que pasan. Criticamos todo y a todos. Tratamos de pasar el tiempo lo mejor que se pueda.

De Cheché ya nadie habla, porque es noticia vieja. Le quedaron unas marcas y unos puntos en la barriga. Se rasca el viejo y se queda en la cerca. Le quedó la costumbre de rascarse la barriga y sacarse sangre con las uñas. Se recuesta a las espinas y se queda mirando las piernas de Maidelín y Dailena. Ya las mujeres no le hacen ni caso. Maidelín no se amasa las tetas para que el viejo mire, ni se abre mucho en el asiento, ni se mete la mano bajo el cierre de la saya. Se queda el viejo allá, mirándola, rascándose los puntos y tratando de seguir la conversación del grupo. Se ha puesto flaca Maidelín de unos días para acá. Se descuidó las uñas y el peinado y parece otra mujer. Se ríe poco y habla menos. Con Ramiro no habla nunca. Se sienta más cerca de Wilberto y lo roza con la pierna. Wilberto carraspea en el asiento y levanta la cabeza cuando Maidelín lo roza. Mira a Ramiro y después me mira a mí. Soy ese punto final donde los ojos de Wilberto se detienen y se quedan un rato. Asusta un poco todo eso. Siento mi sangre y la veo correr por los mosaicos. No es como antes, como en las primeras noches que dormí con la negra, pero es igual.

Estoy vestido de custodio, porque ya me acostumbré a andar siempre así. No me imagino vistiendo la misma ropa de la gente normal. Es que no soy una gente normal. Desde que tengo ese trabajo todo ha sido diferente. Oigo las voces del grupo como si estuviera lejos. Son voces que dicen y amenazan en tono bajo. Asustan un poco, sí, como los lamentos en las paredes de la casa de la negra, pero ya eso no me preocupa tanto. Me acostumbré y ahora no oigo nada por la noche cuando me acuesto con ella. Pero sigo viendo mi sangre en los mosaicos del piso y no me gusta eso. Miro a Wilberto para saber si me mira, y es lo peor. Nunca fui bueno para mirar a los hombres a la cara cuando les debo algo. Sé que le debo a Wilberto. Lo saben todos. Se hacen los locos y no hablan de la negra, pero está claro que aquí todo se sabe.

Ramiro está ahí como si no existiera. Después que dijo lo que dijo de la barriga de Cheché se quedó callado. Está sentado ahí, fumando, sin hablar. Nadie le habla y parece que le gusta estar así. No ve que Maidelín se le está pegando a Wilberto, que se le pega siempre, que lo mira con esos ojos que ponen las mujeres cuando les gusta un hombre. Y Wilberto no hace nada para disimular la situación. Quizá Wilberto debería hacer como yo. Creo que lo hace. Se porta como si nada pasara, como si estar con Maidelín fuera lo más natural y no importara lo que Ramiro piense.

Ahora ya voy viendo que todas esas noches Wilberto y Maidelín las pasan juntos. Han estado juntos desde siempre, por eso la negrita estaba tan segura. Falta saber dónde duermen, pero de eso aquí nadie habla. Son cosas íntimas, seguro. Me quedo mirando al grupo y me parece un grupo raro. Hablan de todo menos de las cosas propias. De mí hablarán, seguro, de mi trabajo y mi uniforme y de ese asunto con Franz, esos consejos que me da para el futuro, pero de las cosas con la negra no. Lo de Franz está claro, porque Franz insiste con lo mismo todas las noches. Insiste de una forma que yo entiendo. No puedo escapar de la presión. Ahí está otra vez Franz hablándome en un código secreto. Wilberto me sigue mirando desde allá. Los demás están atentos y no se pierden nada. Pero parece que es verdad que nadie sabe lo del cuadro. Aquí de eso nadie habla. Nadie sabe de la pintura del museo ni de la falsificación que el alemán tiene preparada. No saben que estamos planeando el cambio. Un robo, diría cualquiera. ¿Qué diría, por ejemplo, la mamá de Maida? ¿Se asustaría, quizá? ¿O quizá se pondría a rezar para que todo salga bien? Se inclinaría ante la virgen que tiene en la mesita y pediría que la virgen meta la mano en eso. Pero no sabe nada, y no tiene nada que pedir a la virgen. Seguro pide lo de siempre. Que le llegue el dinero para la cocina, o que pase alguien vendiendo frijol barato. Son las cosas que la gente pide aquí en el barrio. Esperan un milagro y se sientan a hablar mientras el milagro llega. Yo espero un milagro también. Espero que Wilberto no sepa lo de la negrita y yo. Que se quede todo así, porque así está todo muy bien. Así me cuadra, y me gusta que las cosas pasen sin ninguna violencia, ni machetazos, ni mi sangre corriendo sobre los mosaicos del piso. Así todo está bien. Puedo seguir dándole vueltas a ese tema de Franz y la pintura, buscándole sus ventajas y sus lados malos. Si lo hago puede ser que todo salga bien; si cambio la pintura y la saco del museo y se la doy a Franz; si Franz se la lleva lejos y la vende en Alemania sin problemas; si me guarda mi parte y es una parte grande y alcanza para todo eso que dice Franz: el pasaje de avión y los permisos, el apartamento en Frankfurt y un trabajo decente. En cinco años podría volver al barrio y tener una vida. Pero los lados malos están ahí también; el susto en el estómago, el miedo, el hambre que se pasa en la prisión. Puede ser que alguien lo descubra todo antes de tiempo, que llegue un día la persona interesada, una que sepa de pinturas y le paguen por andar revisando y metiendo los dedos y los ojos en los cuadros. Un especialista, como dicen ellos. He visto alguno en el museo cuando voy a cobrar. Muy joven todavía, con aretes colgando y el pelo largo recogido en un moño, pero especialista ya. Cobra un poco más que yo. No lo vi detenerse a mirar nada, a comprobar si los cuadros de la pared son de verdad. Pero seguro no lo hizo porque era día de cobro y tenía sus cuentas bien sacadas y el tiempo exacto para verse con alguien, con alguna de las muchachas que trabajan cerca, puede ser, o con alguien de más lejos. Abundan por aquí las muchachas graduadas en esas cosas del arte, promotoras culturales tan putas como Maidelín, locas por que llegue alguien con dinero y las lleve a dar sus vueltas fuera del trabajo, a gastar un poco. A consumir, como dicen ellas, y se ríen al decirlo, y se mueven con esa gracia de las putas. Pero saben su trabajo, y lo hacen bien, y se pasan la vida llenando sus papeles y cumpliendo su programación. Cobran más que yo también, y guardan el dinero para comprar esa blusa que alguien trajo, o prendas interiores finas, transparentes, o zapatos a la moda que los vendedores traen aquí los días de pago. Puede ser que ese mismo especialista de aretes y moñito llegue un día con alguna indicación específica de revisar los cuadros, porque tocaba hacerlo en ese día del mes y así lo habían decidido los funcionarios y la gente que manda en esas cosas, y que ese día no haya cerca ninguna promotora que lo entretenga un poco, y que a falta de otra cosa se ponga de verdad a revisar pinturas y descubra que el cuadro de la esquina fue robado. O puede ser que un día el pintor pase por aquí, y ya eso sería peor. Quizá un día decida ver otra vez ese cuadro que hizo en una noche mala y lo olvidó, porque después le fue mejor en la vida, y le vino de pronto a la cabeza por algo que pudo ser malo o bueno, y recordó que el cuadro estaba colgado en el museo de este pueblo cualquiera, y decidió pasar por aquí para mirarlo. Quizá se aparezca sin aviso y se pare delante y descubra que eso no fue lo que él pintó esa noche, ni la firma es la misma, ni la mezcla de colores es exactamente igual, ni el hombre que se arrastra sobre el piso invisible se le parece tanto al muchacho que sirvió de modelo. Puede saberlo, porque la piel está manchada, o por la luz que brilla demasiado sobre las piernas y la espalda, o por las letras de la firma que se parecen bastante, pero nunca serán la misma cosa. Imagino lo que pasará después. Empezarán culpando a la directora del museo. Culparán después a los trabajadores, y al final sacarán en claro que la culpa es de los custodios. Pobres custodios que al final lo pagan todo. Estaré como Ramiro, sentado sin hablar, esperando que algo pase. Pero no es lo mismo estar sentado aquí, en el portal de Maida, mirando piernas suaves y parejas y oyendo cuentos de relajo, que estar allá, en la unidad de policía, esperando que alguien llegue y demuestre que sí, que fui yo quien se robó la pintura, que me vieron salir con el paquete bajo el brazo, y alguien más diga que se lo entregué Franz en su casa, y Franz ya declaró, porque tuvo que hacerlo y dijo que todo fue idea mía y él no es culpable de nada porque es extranjero. Ahí mismo se me jode todo y se me acaban esos sueños de andar con las *Natashas* y las *Yelienas* baratas que dice Franz.

Me quedo así, como Ramiro, y pienso en todo eso. Son voces que la vida tiene. Voces de aviso. No hagas esto ni te metas en aquello. No trates de ir más allá, porque te quemas y te encierran y te meten un montón de años por la cabeza. Es la vida de aquí, con sus amagos de una suerte negra. Para mí, amarga. Para otra gente, no. Hay gente con suerte por ahí. Gente que se viste de una forma y gasta su dinero sin preocupación. Como Maida, quizá, que no tiene dinero por ahora, pero lo tendrá muy pronto. Solo tiene que irse otra vez a Varadero y a La Habana y pasar unos meses o unos días. Volverá con la cartera llena y esa cara de felicidad que pone Maida cuando las cosas le han salido bien. O como Maidelín, que le da lo mismo lo que pase en el mundo y se pinta las uñas con el dinero ajeno. O quizá como el hijo de Carmen, que está planeando buscarse un alemán o un ruso para resolver su vida. Y aquí viene otra vez esa oferta de Franz. Se me cuela en la cabeza y me hace zumbar alguna esquina del cerebro. Me quedo pensando en eso y meto la cabeza entre los hombros y los brazos. Me quedo un rato así, como el hombre del cuadro, esperando que algo pase.

—No has hablado —dice Maida.

Ahora tendré que hablar, seguro. Si me dijo eso fue para obligarme. Otra vez me miran todos y esperan que diga algo. Una cosa cualquiera. Un chisme del museo con tarros y bofetadas y palabras fuertes. Hago el cuento de una rubia que llegó hace poco y se viste con esa ropa escotada. La veo a veces cuando llego temprano. Me le quedo mirando las tetas y las piernas y ella como si nada, como si le gustara que el custodio la mire. La pongo rubia y puta por esa mala fama de las rubias. Puedo ponerla negra y puta, pero no sería lo mismo. No digo malas palabras, porque la mamá de Maida viene y da sus vueltas al grupo. Solo muevo las manos para que vean cómo es la rubia y las tetas que tiene. Hablo de esa erección que tengo cuando la rubia me mira. Digo eso y mucho más. Digo de una tarde que pasé con ella en la cueva del indio y casi nos sorprende el administrador. Lo pongo maricón y pato porque aquí les gustan las historias con administradores maricones y patos y funcionarios con muchas palabras finas y lapiceros en el bolsillo y una agenda negra y cuadrada donde lo anotan todo. Pero el cuento no parece interesarle a nadie. Ni la rubia ni el administrador les llaman la atención. Ni yo, que describo de esa forma para que vean todo lo que puedo hacer cuando me dejan. Me miran y bajan la cabeza. Se quedan mirando al suelo, esperando que la historia se ponga interesante, pero Maida me dice otra cosa con los ojos. Solo el hijo de Carmen parece interesado en el cuento. Me mira el cierre del pantalón y se me acerca un poco. Se ladea en el asiento y cruza las piernas en esa forma especial que tiene para sentarse cómodo. Me viro al otro lado y enfrento la mirada de Wilberto. ¡Tenía que ser ahora! Wilberto ahí, mirándome, esperando que yo diga algo. Le ha puesto la mano sobre el muslo a Maidelín como si nada, como si estuvieran solos y no estuviera Ramiro aquí. Pero a Ramiro ya eso dejó de importarle. Se estira en el asiento y dice que se va. El hijo de Carmen dice que tiene sueño y se va también. Maidelín y Wilberto se quedan un rato más. El alemán agarra la mano de Dailena y dice que ya es hora de dormir. Bosteza en la salida y se queda esperando, porque Dailena regresó a decirle algo a Maida. Entran las dos al cuarto y se encierran allá. Wilberto y Maidelín se dan un beso. Así, sin yo esperarlo, se dan un beso. Se comen vivos cuando los labios se unen. Se besan otra vez y se aprietan en el asiento como pueden sin importarles que haya gente aquí. Se agarran de la mano y se despiden de Franz. De mí se despiden también, pero casi no los oigo. Lo sobrentiendo después, cuando ya están lejos y se oye chancletear a Maidelín en el polvo. Se me queda en los oídos ese zumbido de Maidelín y Wilberto cuando iban saliendo a la calle. Eso que dijeron debió ser para mí. Fue un hasta mañana mascullado entre los labios y los dientes, dicho sin muchas ganas, una frase leve y rápida pronunciada sin deseos, solo para cumplir con este personaje que soy yo, como si de verdad quisieran verme mañana y les costara trabajo alejarse. Me quedo pensando en eso y me entretengo haciendo un juego de palabras. Hasta mañana para mí, que soy custodio y estoy vestido de uniforme, aunque no esté trabajando. Hasta mañana dicho así, como si me hubieran regalado una peseta o me hubieran hecho algún favor. ¡A la mierda esa forma de tratar a uno! ¡A la mierda Wilberto y a la mierda Maidelín! ¡A ver cómo me tratan cuando vuelva de Alemania y sea otra gente y otra vida! Me acerco a Franz y le digo que está bien. Se lo digo bajito, porque Cheché puede estar escondido entre los atajanegros. Y Franz acerca la cabeza redonda de alemán para oír mejor. Me hace una seña con la mano, que repita, por favor, que no me entendió bien. Le repito que sí, que lo haré. Le digo que me dé ahora mismo el cuadro falso para cambiarlo en el turno de mañana y prepare todo lo que tenga que preparar.

—*Guten* —dice Franz.

Aprovecha que Daila Dailena y Maida no han salido del cuarto y me arrastra hasta su casa. Abre el candado de la verja y me dice que pase. Me hace esperar en el recibidor y se mete en el cuarto. Es buen momento para mirar otra vez los lujos de la casa, los equipos tan caros y el televisor enorme. Me veo a mí mismo en una casa igual, en un apartamento lleno de luces y alfombras y mujeres que me hacen cualquier cosa por unos pocos euros. Me están haciendo cualquier cosa y me pasan la lengua por los muslos cuando Franz sale del cuarto y me entrega la pintura envuelta en sábanas. Se pone a hablar de otra vida posible y del negocio tan bueno, del dinero y del viaje. Ya no me queda otra cosa que agarrar la falsificación y meterla en la mochila. La tela cruje un poco, y el alemán me dice que la trate con cuidado, que todo se puede joder si no se manipula el cuadro con delicadeza. Mete las manos gordas de alemán y explica la mejor forma de hacerlo. Lo dice en español, todo tan claro, que lo trate suave y firme, o quedarán marcas y dobleces en la tela y será fácil adivinar el cambio. Cualquier especialista del museo puede pasar y darse cuenta, y entonces todo se jodería en un segundo.

—Fíjate bien.

Sí. Debo fijarme bien en todo. En los detalles y en la hora, para que nadie sospeche nada. Para que no me detenga la policía con un cuadro robado, ni se entere la vecina que siempre me está vigilando por la cerca, ni lo sepa la negra, porque todo se echaría a perder. Puedo olvidarme del dinero y el viaje a Frankfurt si la gente del barrio se entera de las cosas. Que lo sepan después, cuando esté lejos del país y de la gente, cuando vaya sentado en el avión y la vecina y la negra empiecen a preguntar por mí. Lejos y a salvo, caminando por las calles limpias de Frankfurt con el dinero en el bolsillo, dinero de verdad, miles de euros para gastar en putas rusas o polacas que se venden por un menudo y se dejan acariciar la piel tan lisa y blanca. Eso es lo que dice el alemán, y habla del pasaporte y de los trámites. Y del peligro, claro, porque puede pasar que se descubra todo antes de tiempo y me acusen del robo y pierda esa oportunidad irrepetible. Después que el alemán me dice eso me pongo más nervioso. Me dice que me vaya rápido, que no me detenga a hablar con nadie por ahí. Se asoma a la calle y comprueba que todo está tranquilo. Es tarde ya. En la calle no hay nadie. Solo los perros y la gente invisible, los de siempre, los que no se dejan ver por nadie.

—*Guten*. Vete rápido.

Debe ser tarde, porque ya Cheché no anda por aquí. Lo busco entre las cercas para estar seguro. Parece que de verdad se fue a dormir. Se cansaría de rascarse la cicatriz de la barriga. Ahora que no hay nadie en el portal de Maida lo mejor para el viejo es acostarse. No hay nada que mirar, ni muslos para ver, ni *Maidelines* que se amasen las tetas para que el viejo se entretenga mirando desde la cerca.

No puedo quedarme a conversar con Maida. Quisiera, pero no puedo. No debe verme con el bulto bajo el brazo, porque empezaría a preguntar qué llevo ahí. Tendría que decirle una mentira, o, lo peor, hablarlo todo claro y concreto. Con Maida siempre pierdo un poco el hilo y me enredo en las explicaciones. Me empieza a preguntar y a enredarme con las cosas que dice, y al final termino por decirle las cosas como son. Claro y concreto, como a ella le gusta. Mejor me voy directo y no hablo con nadie, ni me entretengo contando los atajanegros de las cercas y las piedras del camino. Hoy no. Hoy tengo que andar rápido y evitar que me vean y me pregunten algo.

La negra me estará esperando, pero no puede ser ahora. Me gustaría estar con ella esta noche y dejarla que me haga lo que quiera. Un poco de esa lengua y esos dientes blandos me vendría bien para calmar la agitación. Estoy un poco nervioso con todo esto y no sería bueno que la negra me viera así. Empezaría a preguntar, igual que Maida, y tendría que responder lo que no debo. Con la negra también hay que hablar concreto y claro. Mejor la veo después, más tarde, cuando haya guardado la pintura falsa en algún rincón de mi casa. Aprieto la pintura bajo el brazo y me apuro dando brincos en el polvo. Está oscura la noche y ando con miedo por la calle, mirando cualquier sombra o cualquier gato, diciéndome que nunca más me atreveré.

Puedo ser ese hombre que va de noche tropezando con las piedras, mirando con miedo hacia las cercas y las casas, pensando si hizo bien o si hizo mal. Puedo ser ese hombre, y lo soy ahora cuando voy caminando. Aprieto el cuadro y soy el hombre. Tengo la noche para pensar bien las cosas. Ahora que me decidí, hay que pensarlo todo bien. ¿Cómo llegar a mi casa con el muerto bajo el brazo sin que la vecina sepa que llegué? ¿Qué decir si la vecina me ve llegar y me pregunta lo que llevo ahí? ¿Qué cara ponerle a la vecina, y qué mirada, para que no sospeche? Pero llego y la vecina no aparece. Debe estar durmiendo ahora. Mejor, y me alegro de no pasar por eso. Todo lo otro puede ser más fácil, buscar la hora adecuada para llegar al museo y cuándo hacer el cambio; a qué hora salir también, por qué camino, cómo mirar a la gente para que no sospechen que fui yo.

Pero Franz me ha dicho que no lo piense tanto. Cosa sencilla, ha dicho Franz. Nada de complicarse la cabeza sacando cuentas que no dan, ni fijarse demasiado en los detalles, ni pensar que alguien pueda sospechar de un custodio que va con su mochila por la calle, porque aquí sobran los custodios. Solo agarrar el cuadro y salir temprano del museo, y coger ese camino de mi barrio sin miedo a nada y sin hablar con nadie, porque nadie tiene que saber, ni la vecina ni nadie, y dice Franz que eso es lo que más importa.

Soy ese hombre que da brincos en el polvo. En algún momento debo ser importante. Yo, importante. Yo soy el ombligo del mundo, y la atracción, y todo lo que digan de mí en el barrio será bueno. Que di el golpe en el museo y me hice de dinero para toda la vida, bien. Que me fui a Alemania y vivo en Frankfurt como un rey, también. Que volveré un día para que vean que uno nunca se olvida de la gente del barrio y seré tan buenagente como antes, pero ya no tendré esa cara de guajiro y comemierda que tenía cuando andaba dando vueltas sin dinero y sin nada. Volveré con esa forma mía que no se pierde nunca, porque es algo natural. Pero con algunos cambios, sí. Con un aire de esa vida que llevo por allá, con un toque especial de ese perfume caro, y una ropa específica para viajes tan largos, y unas palabras raras que aprendí en algún país.

CAPÍTULO 8

INTERFERENCIAS, DESACIERTOS Y OTRAS DUDAS MOLESTAS

La parte fácil fue traer la pintura falsa hasta el museo y esconderla entre las piedras de la cueva. Fue por la tarde, después de un día completo pensando en todo, y después que me acosté con la negra y ella me pasó largamente la lengua por la barriga y los muslos y me hizo ver que la vida puede ofrecer más cosas que un salario miserable y unas rondas aburridas en las salas del museo

Vine jurando por la calle, aunque estuviera vestido de custodio; aunque el azul del uniforme sirviera de protección adicional. Y de verdad servía, por esa reputación que los custodios tienen, pero juraba, en general, y les pedía a los santos y a la virgen. Les prometía sus cosas, y ellos callados. Un altar con sus velas y sus flores. Una misa en diciembre. Un chivo grande y negro. Vine haciendo promesas hasta que llegué al museo, hasta que firmé el libro de la guardia y el cuadro falso estuvo escondido entre las piedras de la cueva, y esa fue la única parte fácil del asunto.

Ahora lo tengo todo listo para el cambio, pero no me atrevo. Me parece que alguien me vigila cuando me acerco a la pared donde está colgado el cuadro verdadero. Levanto las manos para descolgarlo y me entretengo mirando la pintura, ese hombre joven que está pintado sobre el lienzo, desnudo ahí, escondiendo la cabeza entre los hombros y los brazos. La luz de la linterna le rueda por la espalda, se mezcla con los colores y forma una capa de piel, gris y rojo mezclados para lograr el efecto de la piel verdadera. Amarillo también; en los costados hay leves tonos de amarillo. Me quedo mirando al hombre y los ojos se me pierden en la tela. Reacciono y vuelvo, y levanto las manos otra vez para hacer el cambio, pero se me quedan las manos suspendidas en el aire. Difícil decidirme. Empiezan los sudores y el temblequeo de las piernas. Miro alrededor y no veo a nadie. Los ojos de los ratones y las auras disecadas brillan en la otra sala. Me miran cuando me acerco a la pared, o parecen mirarme. Se quedan fijos y se mantienen demasiado tiempo en la misma posición, brillando con una intensidad no acostumbrada, atentos a cualquier gesto inusual, a cualquier roce con la pintura que permanece inmóvil, o a cualquier movimiento de las manos. Alguien estornuda en la cueva del indio. Es una tos acallada por las paredes y las piedras, y debe ser la tos de alguien. El estornudo rápido y bajito se abre camino en los pasillos, flota entre los animales disecados y las urnas de cristal que guardan piezas antiguas y me llega a los oídos. Todo se siente claro en la oscuridad de la sala. La cueva tiene un eco y me llega claro el estornudo. Son muchos estornudos que se repiten con el eco. Viene uno nuevo con cada variación del aire. Empuja el eco desde allá y el estornudo llega claro. Es una tos, o un quejido, o lo que sea. La expiración intencional y rápida se repite con el eco y hace creer que alguien se esconde y me vigila. Algo me impide levantar las manos y hacer el cambio de pinturas.

Apago la linterna y empiezo a dar mis vueltas por las salas; a revisar, para estar seguro que no hay nadie. Solo veo las auras disecadas y los ratones que suben eternamente por los troncos muertos. Me oriento en la oscuridad y siento el roce de las auras. Me aparto y choco las mesas y las urnas, pero prefiero no alumbrarme el camino hasta la cueva. Llego al final del recorrido tanteando las paredes con las manos.. Enciendo la linterna y alumbro el interior. El indio sigue en su posición de siempre. Descansa o duerme con los ojos cerrados. No se ha movido, ni ha hecho por levantarse. Pero quien estornudó fue él, estoy seguro. Nunca oí a ningún indio estornudar, no sé cómo estornuda un indio, si lo hará como cualquiera o si tendrá su forma propia, su vibración diferenciada por la forma de la boca y la nariz, pero estoy seguro que fue él. Le alumbro la cara y le mantengo la luz sobre los ojos. Espero la reacción, pero el indio no se mueve. Lo toco y busco en el suelo alguna huella. Examino las piedras a su alrededor, las hierbas secas, las paredes. Los pies del indio no parecen haberse movido, ni la boca tiene un cambio visible, ni la nariz se le ha puesto caliente. Vuelvo a la sala donde cuelgan las pinturas y trato otra vez de hacer el cambio. El estornudo vuelve cuando alargo los brazos. La tos de alguien invisible llega flotando desde la cueva y se repite con el eco. Los ojos de los animales siguen brillando en las salas. Obligan a bajar las manos, a mirar alrededor, a buscar, a convencerme que en la sala no hay nadie, ni en la cueva del indio, ni en el baño del museo. Al final no me decido nunca y la noche pasa rápido. Pasa tan rápido que el tiempo se me va y termino cansado de dar vueltas de la cueva a la sala. Cuando vengo a ver ya está amaneciendo. Los custodios de relevo llegan y hablan y preguntan cómo pasé la noche. Tengo que mentir y explicar que todo estuvo bien, que dormí, que me den un cigarro. Cuando salgo del museo ya está saliendo el sol. La gente empieza a circular en la calle.

Ya son tantas noches en lo mismo, noches tratando de hacer el cambio y terminar con todo, esperando para ver si en la cueva del indio no estornuda nadie. Pero el estornudo llega rítmico, invariable, acentuado por el eco en las paredes, diluido en las corrientes de aire que circulan en la sala y parecen provenir del baño; de la cueva, quizá, pero la cueva no tiene ni una salida minúscula, ni respiraderos, ni oquedades que puedan ocultar un grillo. Solo hay aquí piedras falsas y paredes de cemento camufladas con yeso descolorido y blando, pespunteadas a modo de fisuras y nidos de murciélago, y yerbas falsas también, yerbas secas de papel ambarino que se aplastan fácilmente con el pie. Entre el estornudo y el eco y las vueltas a la cueva amanece tan rápido que la noche se me va sin darme cuenta. Se me va el tiempo y la oportunidad. Todo es peor con cada noche. Espero el turno y entro más temprano para revisar la cueva. Puede ser que algún trabajador o visitante se esconda entre las piedras y me esté vigilando. Pero está vacío el laberinto de la cueva. Siempre está vacío, porque aquí nunca viene nadie. Ya la gente vio lo que había que ver en el museo. La gente sabe que no hay nada nuevo aquí. No se gastan el tiempo en mirar un indio de yeso y algodón que parece dormido, tumbado sin preocupación entre la yerba, soñando sus sueños de indio cansado y muerto que a nadie en el pueblo le interesan.

Me he puesto flaco y no me afeito por días. No puedo ver a la negra, porque no sabría qué decirle. En la cara se me ve que no ando bien. En las ojeras se me ve. De día duermo poco y de noche no se me cierran los ojos. Me lagrimean un poco por la fuerza que hago. Se me resecan por estar abiertos tanto tiempo. Solo puedo tirarme en el piso de mi casa y mirar al techo, y en el techo veo los ojos de las auras. Los malditos ojos, claramente los veo. Son punticos brillantes disimulados en las planchas. En el baño veo los ojos también. Parpadean en el piso cuando el agua cae sobre el cemento. Ahora me ha dado por no entrar al baño. Llevo días sin bañarme y sin ver a la negra. Necesito verla para relajar el cuerpo. Que me pase la lengua para sentirme relajado y bien. Con un pase de lengua de la negra las cosas pueden mejorar. Un pase largo para quitar la picazón y el mal aliento. Unas mordidas suaves en la barriga y en los muslos y quedaría como nuevo. Ya me ha pasado que la lengua y los dientes de la negra me eliminen del cuerpo toda la sangre amarga. Basta media hora de lengua y dientes blandos en su cama, despreocupado del mundo y de la gente, para que las cosas malas se olviden al momento. Pero no puedo verla por ahora, porque el pantalón me queda ancho, y ando nervioso, y me rasco la entrepierna, y cuando alguien estornuda cerca me le quedo mirando y trato de saber si es el mismo estornudo. Estoy hecho un asco por la falta de baño y las noches sin dormir. Me miro con el asco de los días sin bañarme, de la barba molesta y de la piel que me cae desde los ojos en bolsones y me hace ver como un viejo de los que cogen sol por la mañana en los jardines del barrio.

Y lo peor es que el alemán no me deja tranquilo; el maldito alemán que me propuso el trato y empezó a hablar de dinero y de viajes y me obligó a meter el cuadro falso en la mochila y guardarlo en la cueva del indio y ahí mismo empezó el indio a estornudar en la cueva. A joderme la vida, porque eso es lo que el indio hace. Son cosas que no se le pueden decir a nadie, ni al alemán ni a la negra, y el alemán me espera cada noche y empieza a hacer preguntas y a moverse alrededor y a manosearlo todo. Me lleva hasta su casa cuando está solo, me da un vaso del vino dulce que se toma y enseguida me pregunta que si ya lo hice. Que si lo cambié y traje el cuadro verdadero. Que para cuándo será, y si soy tan pendejo que no me atrevo a hacer nada, y si no habré sacado la pintura ya y habrá hecho el negocio con alguna otra gente, con algún otro alemán o algún cubano que tenga los contactos. Ahí me empieza a amenazar, a decir que me denunciará a la policía, que irá a ver a la directora del museo y le dirá lo que hice, a ver si me encierran por cuarenta años y me pudro en una cárcel pudiendo haber sido diferente la cosa. Pudiendo haber viajado y conocido el mundo. Me pinta otra vez la misma historia y me llena la cabeza con las calles de Frankfurt, con las mujeres baratas que están llegando desde Polonia y Rusia, rubias de piel fina y tetas como agujas que hacen cualquier cosa por unos pocos euros Me cansa el alemán todas las tardes con lo mismo. Delante de la gente me suelta las preguntas, así como así, como si fuera todo tan sencillo y no fuera un asunto peligroso. La gente oye lo que dice el alemán y la gente no es boba. Saben que hay algo escondido, y quieren saber qué cosa es. Se acercan con cualquier motivo y se pegan al lado. Se hacen los comemierdas y los locos y preguntan como si ya supieran algo.

Me pongo nervioso cuando la gente empieza a preguntar y a decir. La vecina me ve salir al patio y enseguida pregunta. Se me acerca y me mira y me toca la cara. Se me queda mirando y no sé qué decir. Se me ocurre una historia. Digo que son cosas del alemán. Inventos de alemán gordo y calvo. Invitación a Alemania, y la vecina dice que eso es bueno. Nada que decir ni hacer, solo mirar al suelo y a los lados para no ver los ojos de la gente; los ojos de la vecina, que se me queda mirando otra vez y otra vez pregunta qué me pasa. ¿Es que no estoy contento con eso de la invitación? La vecina no es boba. En realidad puede ser que sepa algo. Puede ser que se enteró de lo del cuadro y la falsificación y el negocio planeado, lo del viaje y el dinero y el pasaje en avión. Hace igual que Maida y Daila Dailena y Maidelín, que parecen saber las cosas también. Quizá Maidelín lo sabe por Dailena y se lo contó a la vecina. Pero el alemán asegura que Dailena tampoco sabe nada. Puede ser que Dailena no lo sepa, pero no le creo. Si la vecina insiste tanto es porque Dailena se lo dijo a Maidelín. Y Dailena seguro se enteró facilito. Lo descubrió de alguna forma cualquier noche, acostada con el alemán, pasándole la lengua y haciéndole sus cosas, y al alemán le gustó lo que le hacían y pidió más, y ahí Dailena lo presionó para que hablara. Seguro se le puso brava al alemán y se hizo la difícil. Daila Dailena se le puede poner difícil a cualquiera y ya eso es otra cosa, Daila Dailena la difícil, que se sube y se vuela y el alemán tiene que ponerse duro. Seguro el alemán no supo hacer las cosas con Dailena. Se dejó llevar por la lengua y la figura que salía del baño sin la toalla y ese cuerpo de Dailena y toda esa carne lisa y limpia de trigueña joven y tuvo que hablar, porque no le quedó otra salida. Así lo sabría Daila Dailena y lo contó más adelante. Seguro se lo dijo a Maidelín y Maida, y Maidelín se lo contó a la vecina. Cuando viene a pintarse las uñas se quedan hablando las dos y se cuentan las cosas. Seguro Maidelín se lo dijo, y ahora la vecina me clava los ojos y me obliga a hablar claro y concreto. Aguanto y callo y pongo esa cara de bobo que dice la negra. Es fácil descubrirme cuando digo una mentira por la cara que pongo. Cara de guajiro en el televisor dice la negra. Siempre lo dice cuando me pide dinero, cuando llego del museo los días de pago y paso por su casa y ella me pide lo que traigo arriba. Siempre meto la mano en el bolsillo y bajo la cabeza y los ojos. Ahora pongo esa misma cara que la negra dice y me quedo mirando al suelo y a los pies de la vecina, pero aguanto ahí sin decir nada. Le aseguro a la vecina que no hay nada que decir, que estoy flaco porque tengo parásitos, que no me afeito porque me quiero dejar la barba un tiempo, que me veo mal porque ella cree que me veo mal.

Me voy a dar una vuelta y dejo a la vecina hablando. Me aburre con esa conversación. No sé cómo decirle que no se meta en mi vida. Si se lo digo fuerte va a decir que soy un animal. Tiene esa forma de ofenderse cuando uno la trata con rudeza, cuando se le habla duro, o se le pone freno para que no se meta en las cosas. En realidad, solo se está preocupando por mí. Me ve tan flaco y se preocupa. Me ve que no prospero y seguro se ha creído que es verdad lo de la invitación y el alemán y todo eso. No sabe que estoy así porque estoy planeando un robo. No se lo puedo decir, ni sé cómo decirle que me deje tranquilo. Por eso me voy al barrio y la dejo hablando ahí. No tengo adónde ir, porque esta noche no trabajo, y no puedo llegar así tan flaco a la casa de la negra. Solo tengo un lugar adonde ir. Voy caminando sin querer hacia allá, dejando que los pies me lleven, mirando que no hay nadie todavía en el portal de Maida.

—Te queda ancho el pantalón —dice ella cuando me ve llegar.

Se acerca y toca la tela buscando confirmación. Dejo que toque, y me gusta que lo haga. Me aparto, porque llevo días sin bañarme y huelo mal. Llega otra gente, y se sienta como de costumbre, y se mete en la conversación. Gente que vive cerca o lejos y se interesa por todo lo que pasa, por todas esas cosas y esos líos de los vecinos y el barrio, si cogieron robando al administrador de la bodega y le pusieron una multa, o si un primo que llegó de lejos trajo dinero y compró carne o lo que fuera y al final resulta que no era primo ni nada y ni siquiera lo conocían bastante. Se preguntan a qué vino y por qué pasó esos días en la casa. Llega Ramiro echando humo por la nariz y por la boca. Se le ve la caja en el bolsillo y son cigarros buenos. El hijo de Carmen llega también, tan estirado y maricón, siempre arreglándose las manos, porque dice que las manos son lo más importante.

—Sin las manos ni hablar —y se sienta en su puesto eterno, tan perfumado siempre, con esas colonias que se pone y ese olor a flores y a cosas de mujer.

Llega el viejo Cheché y se queda oyendo lo que sea. Se aguanta la barriga y se mete en la conversación cuando lo dejan, o espera que se callen y se calla también, se queda mirando desde allá y espera que repartan el café o el refresco. Pero no hay refresco por ahora, porque no es tan tarde. Todos me miran y se detienen a examinar el pantalón, a comparar los brazos y las piernas, a decidir si estoy más flaco de verdad o son inventos de Maida. Figuraciones, pueden ser, y no la culpan por eso. Al final dicen que sí, que parezco otra persona con esa barba de diez días y ese pantalón tan ancho.

—Tan bien que te quedaba —dicen todos—. Tan elegante que te veías en uniforme y ese pantalón que te quedaba tan bien.

El hijo de Carmen adelanta la cabeza y me mira el pantalón desde más cerca. Dice que sí, que estaba mejor antes, más llenito y abultado, tan abultado que parecía una erección. Puede jurarlo si hace falta. Puede tocar y demostrar que sí, que no es lo mismo ahora, no parece el mismo pantalón ni el mismo hombre. Y Maida se ablanda un poco y baja los ojos. Dice que puede ser, pero no se había fijado en eso. No se había detenido a mirar esos detalles. Pero mira con el ángulo de los ojos, y compara al pantalón y al hombre, y se hace una idea general del asunto sin darle demasiada importancia. No es como la vecina, que miraba también con el ángulo de los ojos cuando estaba en la cerca, y retenía esa imagen en la cabeza y la procesaba después en el silencio que puede guardar una vecina cuarentona que vive sin marido y tiene tiempo para andar en la calle y saber cosas.

CAPÍTULO 9

LA PERSONA INDICADA

Ahora que están todos mirándome y tratando de sacarme la verdad me siento como debe sentirse el hombre que está pintado en el cuadro del museo cuando la gente llega y se detiene a mirar; la escasa gente, pero siempre hay alguien. Un estudiante de pintura que esté buscando soluciones para problemas propios, algo sobre la mezcla de gris y negro y el amarillo de los bordes. O la forma de situar más luz sobre la espalda de modo que los músculos se vean y dejen entender que el hombre hace un esfuerzo para andar arrastrándose sobre un piso invisible. Un borracho, quizá, que vino a ver el cuadro, porque le dijeron que así mismo lo hace él cuando llega borracho y se quita la ropa en el patio de la casa. O un hombre viejo y cansado que seguro se acuesta en el piso, porque no halla solución y solo puede hacer lo mismo y esconder la cabeza entre los hombros y los brazos. Lo recuerdo ahora, y dejo caer la cabeza igual que el hombre, y me quedo pensando si el pintor no pasó por lo mismo. Recuerdo al alemán y el trato que propuso. El negocio del cuadro y el dinero que pagarían por él y el viaje a Frankfurt en avión.

Quisiera irme a caminar, alejarme de la gente y enderezar las ideas en el cerebro; alinearlas, quizá, para que alguna se haga fuerte y me ayude a pensar. O puedo encerrarme en la casa y tirarme en el piso a descansar los ojos, pero entonces vería en el techo los ojos de las auras. Estarían inevitablemente ahí, brillando entre los claroscuros de las planchas, haciéndome saber que estoy rodeado por auras y ratones disecados. Me mirarían como en el museo, y sería un poco molesto, y tendría ganas de vomitar y de sacarme de adentro todos los cuentos que me ha hecho el alemán, toda esa historia de las muchachas espigadas que se consiguen en Frankfurt por unos pocos euros.

En la casa de la negra estaría mejor. Allá está la negra con su lengua húmeda y sus sábanas calientes; la negra con los dientes blandos que me muerde la barriga en esa forma suave mientras pregunta las cosas y me hace prometer lo que ella quiera. Me gustaría estar con ella, aunque le tenga que hablar claro y concreto, aunque se me suba arriba y trate de sacarme información sobre las cosas comunes de la gente y el barrio y los custodios del museo. Debe estar esperándome allá después de tantos días. Es mejor estar con ella y no con esta gente que sigue comparándome y tratando de volverme loco. Seguro estará en la cerca cuando pase. La negra siempre está en la cerca. Lo mira todo y adivina el resto y después me revuelca en esa cama que el padre le dejó y se entera de todo lo demás. Seguro la negra estará en la cerca por la noche, y eso me ayuda un poco a enfrentar a la gente y sus preguntas. Me río de lo que Maida dice. Hago un chiste sobre mí mismo, sobre lo flaco que estoy y el pantalón tan ancho, tanto que caben dos custodios en el pantalón y así el museo se ahorra un salario. El chiste parece bueno y alguien se ríe. No sé si fue el hijo de Carmen, pero no me importa. Me embullo y hago otro chiste complicado sobre los parásitos que tengo y la gente se relaja un poco. Empiezan a decirme que esos parásitos matan a cualquiera. Han visto casos de gente con parásitos y es gente que anda con los ojos amarillos y la cara seca; gente del barrio, puede ser, y empiezan a nombrar y a decir los nombres y los síntomas y dan consejos sobre cómo proceder. Me dicen que tome esas pastillas que le mandaron al viejo antes de la operación, que las tomaba cada ocho horas y eran amargas, y el viejo lo confirma todo desde allá y dice que sí, que él también tenía parásitos y se puso bien con las pastillas.

—Me quedé flaco así porque ya ustedes saben.

Sí, el viejo siempre ha sido flaco. Un viejo flaco es lo más común, como la viejita que vive al frente y la sacan al sol por la mañana. Tan flaca la viejita también, tan recogida en su silla de ruedas, hecha un ovillo en la frazada que le ponen. El viejo igual, con frío por la mañana, pero sobre sus pies. Dice que eso de caminar y dar sus vueltas por el barrio es lo mejor. Después de la operación ha quedado como nuevo. Tiene sus molestias por la herida en la barriga, porque ustedes saben, pero se siente bien, en general, y tiene pastillas guardadas por si acaso. Si quiero me las da y después se las devuelvo, cuando las compre, y si no tengo la receta puedo hablar con el hijo de Carmen, que se mueve en esos círculos de la farmacia y puede resolver. El hijo de Carmen pone esos ojos de gente que puede resolver y mira lejos. Se queda mirando el barrio y los patios vecinos, y me mira después el pantalón. Subo la mirada y choco con las caras que me escrutan desde todos los ángulos del portal. Digo que sí, que sería bueno si el viejo me ayudara con las pastillas que tiene guardadas en la casa, y el viejo dice que no hay problemas con eso, que los vecinos para qué son. Empieza a hacer un cuento de parásitos y lombrices largas, un cuento de verdad con las cosas que ha visto y ha tenido, lombrices largas como culebras que se comen a uno por dentro y no se mueren con nada, ni con purgantes ni con pastillas, ni con las yerbas más amargas ni con lavados del estómago con manguera de a pulgada, cosas que duelen, pero tiene que ser así o los parásitos te comen.

—Te dejan seco en unos días y cuando vienes a ver ya eres un montón de pelo y huesos, y se te cuartea la piel, y te chorrean unas cosas verdes con una peste que ni hablar.

El hijo de Carmen es el primero en poner cara de asco. Se dobla y se aguanta la barriga y mueve las manos como si estuviera apartándose de la nariz y de la boca todo el aire que llega del lugar donde está el viejo. Maida lo sigue y empiezan a escupir los dos. Le dicen al viejo que se calle la boca, que ahora mismo terminaron de comer y se les revuelve el estómago con todo eso. Ramiro también se aguanta la barriga. Un poco menos, pero se la aguanta. Vira la cara y se tapa la boca con la mano. El viejo se ríe desde la cerca. Dice que aquí son gente fina, que perdonen, pero solo quería decir algo para que vieran cómo son las cosas, cómo son de verdad con sus tintes y sus colores, porque hay otro tipo de gente por ahí, gente que esconde la verdad y se queda tranquila cuando se muere alguien por una bobería como esa, por unos parásitos y unas lombrices de nada. Pide perdón otra vez y dice que va a su casa a buscarme las pastillas.

De alguna forma me salva lo que dijo el viejo. Ahora con las lombrices largas y los microbios y los estómagos revueltos la conversación se irá por otro lado. Me dejarán tranquilo y hablarán de otra cosa. Pero llega el alemán y ya sé que ahora todo comenzará otra vez. El alemán empieza a preguntar por qué están todos callados y se aguantan la barriga. Le explican y el alemán no entiende. No lo puede entender, y se queda todo así, todos mirando al suelo y tratando de apartar los ojos de la persona que soy yo. Solo el alemán me mira desde allá. Me pone los ojos grandes de alemán y me jode la vida con su pregunta eterna. Hay veces que el alemán se pone un poco pesado. Un poco insistente y comemierda. Por la vida que lleva no se entiende ese interés en el cuadro. No está claro el interés, porque el alemán tiene dinero. Tiene mucho dinero por su retiro en Frankfurt . Son mil euros al mes, y los recibe sin falta. Puede ir de viaje cuando quiera y traer sus cosas desde allá. Vive en el barrio como no vive nadie, como la gente ni siquiera se imagina que se puede vivir. Se sabe cómo es, porque siempre hay alguien que puede entrar a su casa, y la gente habla. A veces es Ramiro, que pasa a cobrar la leche todos los meses. O pueden ser los muchachos del barrio que le limpian el patio por diez pesos y meriendan allá. O algún albañil local que se contrate para hacer un trabajo, una meseta nueva o un piso enchapado en losas de granito. O el plomero del barrio, y eso es lo más común. Ese baño se tupe a cada rato, y el plomero hace el trabajo y se queda mirando las cosas que se guardan entre las paredes de esa casa, o almuerza con el alemán, porque el alemán lo invita, o se hace el loco y se tarda para mirar a Daila Dailena que anda en toalla y en hilo dental sobre el piso pulido y se sienta a ver la televisión sin hacer caso del plomero que se vuelve loco mirando desde allá. Y el plomero saldrá después y dirá lo que ha visto. Hablará del dinero que tiene el alemán. De los planes que tiene. De los negocios y de los viajes. De la comida que se come y la mujer con que se acuesta cada noche. Así que el alemán no tiene esa gran necesidad de hacer el negocio del cuadro. No tiene que arriesgarse en esa operación peligrosa, ni mezclarse en asuntos de robos ni falsificaciones.

Si fuera como yo, que necesito el dinero para salir de toda esta vida áspera. Para dejar ese trabajo con tantas guardias y tantas malas noches y prosperar en la vida. Para irme de aquí bien lejos y resolver la situación. Pero el alemán no tiene ese problema. Vive en el lugar que escogió y tiene la vida resuelta. Cobra sus mil euros todos los meses y viaja a su país y al mundo cuando le da la gana. Poca gente puede vivir así, con todos esos gastos y esa vida tranquila, con una mujer como Daila Dailena al alcance de la mano, mirándola desnudarse cuando sale del baño y acostándose con ella en ese cuarto que parece el cuarto de un castillo. Y el cuadro no será mucho lo que vale. Algunos miles pagarán en Frankfurt, pero eso no debe ser dinero para un tipo como el alemán. No se estará arriesgando por unos pocos euros. Y no lo hace porque le guste tanto el arte ni sepa mucho de pintura.

Yo no sé mucho de esas cosas tampoco, pero está claro que ningún cuadro valioso va a estar ahí colgando en el museo de un pueblo cualquiera. He visto cuadros que ponen en el televisor y son cuadros que valen. Son cuadros de alguien importante que se venden en millones. Pero esos están en otra parte, en museos de verdad con vigilancia y con guardias armados. He visto las películas de unos tipos que roban cuadros y los venden, pero no son cuadros como ese. No es como aquí, que la gente ni sabe, ni viene a ver, ni le interesa lo que cuelga en las paredes. Aquí la gente se preocupa más por el frijol que por una pintura, menos se preocuparán por un tipo que se arrastra y esconde la cabeza entre los hombros y los brazos, porque le pesa mirar de frente al mundo. Esa meditación que el pintor hizo en una noche. Seguro lo pintó porque se sentía mal ese día. Un poco de gris y amarillo mezclados y ya estaba el cuadro hecho. Seguro ya olvidó que el cuadro existe y le molestaría que alguien comentara eso, que le vinieran a decir tu cuadro me gustó y le pidieran hablar y decir por qué lo hizo. Seguro el alemán ni conoce al pintor. Seguro estuvo un día en el museo y la pintura le hizo recordar sus tiempos. Porque habrá tenido sus tiempos; sus años malos y sus problemas de dinero. Se arrastraría también sobre un piso pulido. Tendría sus deudas y su vida mala. Se puso a mirar el cuadro en el museo y se acordó de todo. Lo comentó, seguro, en algún viaje que hizo a Frankfurt . Se lo diría una tarde a cualquier viejo con dinero y el viejo dijo que le interesaba el cuadro. Para el alemán sería un negocio redondo. Podría comprarlo por una bagatela y vendérselo al viejo en unos miles. Podría hacer eso, pero los cuadros del museo no se venden. Así lo dijo el especialista cuando vino a cobrar. Se lo pregunté y él dijo que de eso nada, que están todos los cuadros y las piezas inventariadas y seguras. Seguro el alemán lo preguntó también y le dijeron lo mismo. Por eso se buscó una falsificación para cambiarla y se pasó unos meses esperando a la persona indicada. Alguien que tuviera el acceso y la oportunidad con riesgo mínimo. Con sus problemas de dinero también, y sus deseos de cambiar de vida. Y el indicado soy yo, que vivo cerca de su casa y trabajo de custodio en el museo.

Nunca había sido el indicado para nada. Cuando buscaban gente para trabajar en el café decían que yo era un vago. Anotaban el nombre y me decían que esperara. Terminaba la zafra y no me llamaban nunca. Por casualidad me llamaron un día, porque hacía falta gente y podía servir cualquiera. Lo del café me gustó, pero me costaba trabajo levantarme temprano. Estuve allá unos meses y gané algo. Había unas mujeres que se ponían a hablar dentro del cafetal, metidas entre las matas y los pinos, y nadie las oía. Hacían sus cuentos de relajo y yo me escondía cerca. Mujeres putas las de allá. Trigueñas bravas de las lomas que cogen a un hombre y lo revuelcan en el fango. Se le suben arriba al que le toque y le hacen sus cosas dentro del cafetal.

A veces miro las lomas desde el barrio y recuerdo esas mujeres. No son tan finas ni tan nada, pero el rato se pasa bien con ellas. Como la negra, un poco, pero la negra es muy negra y pide mucho. Ahora recuerdo a la negra también y me dan ganas de ir a verla. Estoy tan flaco y no quiero que la negra me vea así. Cuando pase todo esto volveré a verla. Cuando haya decidido lo que voy a hacer y no oiga más el estornudo de alguien en la cueva del indio ni en el baño de mi casa. Quizá no sea el indicado para robar el cuadro del museo. Quizá es por eso que alguien estornuda en el momento final y no me deja hacer nada. Quizá es verdad todo eso que dice Maida y yo soy un inútil y un malgasto. Yo sé que soy un inútil y nadie tiene que decírmelo. Ni Maida, que se pasa la vida comprando ropa nueva y nunca me ha visto como hombre. Ni la negra, con esos dientes suaves y parejos y esa lengua rosada que se me enrosca en la piel de la barriga y los muslos y me hace olvidar la mierda que es la vida. Ni la vecina, que se vive metiendo en todo y me vigila en el patio y siempre está pendiente de todo lo que hago. Ni el alemán, que se gasta los mil euros del retiro con Daila Dailena y me hace un cuento de viajes y dinero para que me embulle y me robe el cuadro del museo. Voy a robármelo porque quiero hacerlo. Lo haré, aunque el indio de la cueva se levante y estornude mil veces. Lo haré para que Maida vea que no soy el inútil que ella dice. Para que la negra se sienta bien conmigo y no me ponga cara porque llego sin dinero. Para que la vecina se reviente cuando oiga la noticia. Para que el alemán no joda más y me deje tranquilo. No me importa lo que pase después, ni lo que haga el alemán con la pintura, ni el viaje a Frankfurt, ni el dinero que me den por el cuadro.

Cuando me voy para mi casa me acuesto y no me duermo rápido. Sueño con Maida y no es un sueño bueno. Maida es una viejita en una silla de ruedas. La sacan al sol por la mañana y la dejan ahí demasiado tiempo. Deja caer la cabeza entre los hombros y los brazos y la piel le echa humo y se le tuesta. Me acerco para empujar la silla y sacarla del sol, y entonces Maida que es la vieja levanta la cabeza y me mira y me saca la lengua. Se queda mirándome un tiempo largo y los ojos se le ponen grandes y le explotan. Me salpica la cara todo eso junto, lo de los ojos y la sangre. Me rueda abajo desde la frente y me va dejando surcos en la piel, surcos asquerosos y largos, como culebras que se enroscan y me aprietan y me hacen vomitar mis cosas verdes.

Despierto cuando a la viejita que es Maida le pasa eso. Me toco la cara, pero no tengo nada. Me toco bien para estar seguro, porque todo parecía muy real. Desde que empezó todo ese asunto del cuadro me pasan esas cosas. Extraño al vago simple que fui siempre. Un hombre sin complicaciones ni malos sueños. Con mis cosas de sexo y mis mujeres ajenas, pero eso no era malo. Ahora todo se me pone difícil. No puedo dormir, tan fácil que dormía antes. Solo tenía que cerrar los ojos y ya estaba el sueño ahí, sueño tranquilo y pesado que llegaba tan rápido. Paso la noche dando vueltas en la cama y sueño otra vez con Maida. Tiene los ojos explotados que tenía la viejita. La lengua áspera. La piel cuarteada y dura. Un tipo que se parece al alemán se le orina arriba. Se parece al alemán un poco. Creo que es el alemán. Se le parece, pero no tanto. No me habla en el sueño y no puedo saber si de verdad es él. Me levanto cansado apenas sale el sol. Me acuesto en el piso y entonces puedo dormir algo. Está el piso un poco frío por la hora temprana. Pero no importa que esté frío. Me duermo rápido y bien, pero vuelvo a tener sueños malos. Hay alemanes orinando en el sueño, y viejas de ojos explotados que me miran y se ríen, y negras de lengua áspera arrastrándose eternamente sobre un piso infinito.

Me despierto cuando el sol está alto. Me siento bien, pero cansado. Me afeito, porque ya la barba me molesta. La cara me pica por todo ese pelo viejo de los bigotes y la barba. Salgo a dar una vuelta por el barrio y todo está tranquilo. Cada uno está en su casa por el calor que hace. A esta hora casi nadie camina por la calle. Solo allá, en la casa de enfrente, la viejita de la silla de ruedas está cogiendo sol. Demasiado sol. La sacaron y se olvidaron de ella. Se le cae la cabeza y la viejita sigue ahí. No me acerco, porque no es mi problema. Después de esa pesadilla lo mejor es no acercarse. No me alejo tampoco. Me mantengo ahí, en terreno de nadie, esperando que alguien salga de la casa y la quite del sol. Pero no sale nadie. Solo yo estoy cerca. Soy otra vez la persona indicada. Me toca hacerlo. Me acerco a la viejita y ella levanta la cabeza. Sin trabajo lo hizo, sonriendo. No tiene la lengua húmeda y rosada de la negra, ni le explotan los ojos, ni parece haber sufrido por el sol. Lleva años sin hablar. Años de silencio y demasiado sol en la cabeza. La miro con lástima, y espero. La cabeza se le cae otra vez. Mejor me voy. Me alejo ya cuando la oigo hablar a mis espaldas.

—Termina de robarte el cuadro y no jodas más con todo eso.

Me quedo quieto al oír las palabras. Me vuelvo. La viejita sigue en su misma posición. La cabeza le cae entre los hombros y los brazos. Fue su voz la que habló, pero no puede ser. Me acerco y le doy vueltas. La sacudo por un hombro y ella como si nada. Tiene que haber sido ella. No hay nadie aquí, solo nosotros dos bajo el sol picante. Las ruedas de la silla están brillando al sol. Los ojos de la viejita, no. Son ojos muertos. Ojos opacos y cansados, pero estoy seguro que fue ella quien me dijo eso. No me preocupa la forma en que lo supo ni me voy a enredar averiguándolo. Me alejo antes que llegue alguien y me pregunte qué hago. No se vería bien que esté sacudiendo a la vieja por el hombro, obligándola a hablar y a decir algo, a repetir eso que dijo, y ahora caigo en la cuenta que lo dijo en alemán.

No conozco tanto del idioma para entender esas cosas, pero estoy seguro que fueron palabras alemanas las que oí. Me vuelvo loco pensando en todo eso. No puede ser. O puede ser, pero no debe. No imagino a la viejita hablando en otro idioma. No la imagino hablando nada por los años que lleva sin hablar. Tal vez si el sol le calentó demasiado el cerebro y le cruzó los cables interiores. Demasiado sol en la cabeza, puede ser, y el cerebro se calienta y se vuelve loco bajo el pelo que hierve. Pero la vieja no debía saber lo del robo del cuadro, y eso me asusta, y me voy por las calles a caminar un rato, a despejar la cabeza y entender las cosas. Después me queda claro que no hay nada que entender. Puras locuras que me pasan. Un juego de la imaginación, una farsa que se montó dentro de uno, y uno está inocente de la farsa y cae en esa trampa del cerebro. Pero no sé lo que se debe hacer en esos casos, y me doy mis vueltas por ahí. Me siento lejos de las casas y miro el mundo y las montañas. Son las lomas donde crece el café. Se ven grises a esta hora, pero yo sé que son verdes y azules y eso me gusta. No estaba tan mal allá cuando trabajaba en esos montes. Podía tirarme un rato bajo los pinos y oírlos silbar. Después venían las mujeres y se me sentaban cerca. Trigueñas cuarentonas con buenos cuerpos y dientes limpios y grandes. Ese es un buen recuerdo ahora, y un buen recuerdo me hace falta. Algo para espantar todo ese asunto del cuadro. Toda esa imaginación molesta de estos últimos días. Me veo tan flaco y seco y me comparo con ese otro hombre que era yo. Tenía mejor vida, aunque no me gustara, aunque no fuera tan dulce o placentera como la del alemán. Era una vida, sí, aunque la gente me dijera inútil y las mujeres me quitaran el dinero. Ahora cambió todo y no es lo mismo. Pero algo hay que hacer todavía. Un último intento a ver si la vida cambia, a ver si mejoran las cosas y dejo de ser tan comemierda. Regreso al barrio y me visto, porque ya es la hora. Me miro en el espejo y me veo afeitado y limpio. Cuando salgo de la casa ya es de noche. Voy caminando por las calles y me apuro porque está empezando el turno. Llego al museo y ya me están esperando. Firmo la entrada en el libro de la guardia, y quedo solo, y me siento en el piso a mirar la pintura. Únicamente en el piso puedo pensar bien las cosas. Me acuesto sobre los mosaicos de la sala, pero no miro al techo. Vuelvo la cara al piso y veo que todo está bien, sin ojos brillantes de ratón o de aura, ni estornudos de nadie, ni ecos sostenidos que repitan cualquier expiración.

CAPÍTULO 10

LO QUE SE BUSCA UNO CUANDO SE PONE A INVENTAR COSAS

Levanto la mano para coger el cuadro y el estornudo llega. Siempre está el estornudo ahí, a tiempo, en el momento preciso de hacer el cambio de pinturas. Suena con el eco de la cueva. Suena otra vez y la mano se me queda prendida en el borde del cuadro, se agarra al marco y no lo suelta. Hace por zafarse y volver atrás, pero la obligo. Hago que los dedos se cierren sobre el listón de madera. Que se aguanten ahí. Que dejen pasar el eco del segundo estornudo. Espero un poco y de la cueva no me llega nada. Ni el eco del estornudo ni la respiración del indio. Seguro el indio se cansó de estornudar. Se rindió y me deja hacer el cambio. Aprovecho y lo hago todo rápido. Descuelgo la pintura y la pongo en el piso. Arranco las puntillas con el destornillador, las pongo al lado, quito los cierres y ya está. Pongo la falsificación entre los listones del marco y la aseguro bien. Le pongo los mismos clavos sobre los cierres. Lo aliso todo. Miro que no se vea que alguien estuvo manoseando ahí. Si viene el especialista del moñito no se dará cuenta de nada. Solo si se detiene frente al cuadro demasiado tiempo y le da por tocar la pintura. Puede ponerse a comparar y a sacar sus cuentas y a fijarse en que algo anda mal. Pero no lo hará, seguro. Lo hago todo bien y todo queda como estaba. Cuelgo el cuadro falso en la pared antes que al indio se le ocurra estornudar y las auras y los ratones de la sala vecina empiecen a mirarme con ese brillo en los ojos.

Ahora ya tengo la pintura original. La llevo hasta la cueva y la miro bien. Estoy un rato ahí, mirando al hombre desde cerca, asegurándome que todo salió como debía. Será fácil salir temprano del museo y llegar hasta el barrio. A esta hora es fácil, porque no hay nadie en la calle. Nadie se fijará en un custodio que sale de madrugada de su turno con la mochila al hombro. Ni la policía sospechará de nada, ni habrá nadie que se le ocurra pensar algo malo. Cogeré el camino del barrio y saldré andando normal. Debe estar el alemán esperándome allá en su casa. Pondrá esa cara de alemán alegre cuando le entregue la pintura. Me invitará a comer y se pondrá a hacerme esos cuentos otra vez. Tal vez coma con él y con Daila Dailena y me siente un rato a ver la televisión en esa sala enorme, yo sentado como un rey en esa sala, bebiendo algo y mirando los muslos parejos de Dailena sin querer, haciéndome el importante y el loco, porque las cosas van saliendo bien. Yo con esa suerte y esa vida que me espera en el futuro.

Tengo todo arreglado, y cuando salgo del museo todavía es de noche. Amanece y voy por esas calles con el cuadro en la mochila. ¡A la mierda el indio y las auras de ojos brillantes! ¡Nada puede ser mejor que un golpe como ese! Me iré tan lejos que la gente ni se acordará que un día existió en el barrio un tipo como yo. ¡Que me recuerden cuando hagan sus cuentos, y que se sorprendan cuando me vean aparecer un día, dentro de cinco años, y me les plante en la calle y me haga el bobo mirando desde allá! Pero no puedo ver a Franz ahora, porque eso llamaría la atención. Es demasiado temprano todavía. Parecería extraño si me ven tocando a la puerta de esa casa, y Dalia Dailena se extrañaría también y empezaría a preguntar. Mejor sigo hasta mi casa y guardo el cuadro en un sitio seguro. Habrá tiempo de ver a Franz por la tarde o por la noche. Por la noche mejor, porque de noche las cosas siempre salen bien. Se debe hablar de esa forma reposada cuando se trata de cerrar un negocio, y eso solo se hace bien de noche. Ahora puedo dormir y tener buenos sueños. Dormiré el día entero, y eso no estaría mal. Sería bueno despertarme por la tarde y bañarme bien, y dar una vuelta por el barrio antes de ir a la casa que parece un palacio y hablar con Franz. ¡A ver lo que me dice Maida ahora! ¡A ver si me sigue provocando y queriendo saber! Me le voy a aparecer allá y me daré ese aire que le gusta. Debe gustarle que uno la trate así, que la miren desde arriba y le pongan esa cara que los tipos malos ponen en el televisor.

Está oscuro el barrio cuando llego a mi casa. Abro el cuadro y lo miro bien antes de guardarlo. Lo pongo sobre la mesa y me quedo mirando al hombre. Sigue arrastrándose, como siempre, con la cabeza escondida entre los brazos y los hombros. Me recuerda al indio de la cueva y siento un poco de lástima. Al indio lo pusieron ahí sin preguntarle. Sin saber si quería estar acostado para siempre, preso ahí para que la gente lo mire, para que alguien lo escupa o lo critique, o que algún custodio se masturbe en la cueva, porque vio alguna pareja por el hueco, una mujer y un hombre tocándose en el pasillo y haciéndose sus cosas, y el indio tiene que aguantar todo eso. El hombre igual. Está desnudo ahí, sobre el piso frío de la tela. Debe estar frío ese piso donde el hombre se arrastra. La gente mira el cuadro y no sabe nada de esas cosas. No saben que al hombre le da pena que lo estén mirando siempre. No pueden sospechar que alguien quiere comprarlo y llevárselo lejos, o que un tipo como yo lo está mirando ahora, tratando de entender lo que el pintor quería decir, si de verdad fue una meditación o si lo hizo por venganza, por reírse de alguien que se las debía y esa fue la forma que encontró. Lo miro y es un poco diferente. Ahora es diferente, porque estoy en mi casa. Puedo mirarlo a cualquier hora y tener ese tiempo para estar con él. Encuentros, por decirlo así. Puedo dormir un rato y levantarme a mirar. Puedo ir al baño con calma y mirar otra vez. Puedo darle su tiempo y su privacidad; su espacio, si lo quiere así. Echo una última mirada y hago una reflexión antes de guardarlo. Tengo que hacerlo todo con cuidado, porque seguro la vecina está dando sus vueltas y tratando de saber si traje algo en la mochila. Lo envuelvo entre las sábanas y me cuido que la tela no cruja. Hago como Franz me enseñó, y me queda todo bien, y el cuadro queda bien guardado en un lugar seguro. Me voy rápido, porque ya es de noche y debe estar la gente sentada en el portal. Seguro están allá hablando de cualquier cosa, de la gente que pasa por la calle, del calor, de las cosas que se venden por la cerca.

A Maida le parece bien que esté afeitado. Me le aparezco limpio sin el uniforme de custodio. Después de tanto tiempo, sin el uniforme. Maida dice que me veo bien así; que siempre me veo bien, pero sigo estando flaco. En general, los flacos no le gustan a Maida. Tiene sus caprichos y sus exigencias raras. Se me queda mirando y no sé qué decir. Aquí están todos, los de siempre, mirándome a la cara y al pantalón, y es un poco molesto responder. Mejor me aparto para hablar con Franz. Es esa conversación pendiente que tenemos. Le hago una seña y el alemán me sigue. Pide permiso y se levanta del asiento. Se apura un poco y se enreda con las chancletas de Wilberto. Pide perdón, y cuando se aleja todos lo siguen con los ojos.

Pasamos junto a Cheché y el viejo dice que ahora todo se resolverá. Lo dijo alto, para que todos lo oyeran. Lo dijo como si lo supiera todo. Se ríe el viejo. Aquí parece que no quedan secretos. No lo dicen por lo claro, pero siempre dicen algo. El viejo también lo hace así. Por la cara que puso se ve que lo sabe todo. Le digo a Franz que mejor vamos a su casa. Allá nadie nos va a oír, y si Dailena se aparece ya habremos conversado.

—*Guten* —dice Franz, y entramos a su casa.

Se ve contento. Pone esa cara de alemán contento. Cara redonda y roja, y los ojos brillándole. Saca unos vasos y dice que vamos a celebrar. Se mueve rápido con la botella y echa el ron. Debe ser ron. O quizá es vino. A los alemanes les gusta tomar vino. Un vino dulce que siempre tiene a mano. Nunca sabré si es vino, porque no quiero beber. No quiero un trago, ni quiero que Franz se me acerque tanto cuando habla. Me mantengo lejos y lo veo tomar su bebida y sonreír con los dientes de alemán por fuera. Espero que se acomode y entonces se lo suelto todo. Le digo que se olvide del negocio, que me cogió la policía con la falsificación y tuve que inventar una historia. Franz va cambiando cuando digo eso. Se pone rojo primero, se va aclarando cuando digo que la policía me preguntó y quería saber de dónde saqué eso. Se pone pálido cuando oye que empezaron a averiguar,

108

que me tuvieron preso hasta que dije algo convincente. Algunos nombres. Direcciones. Personas que conozco y estaban interesadas en el cuadro. Me soltaron porque prometí colaborar. Ahora estoy en un problema, porque la policía no es boba. Seguro me soltaron para seguirme en secreto, porque en esas cosas siempre hay más gente involucrada de las que uno dice, y un día tendré que decir el nombre de Franz también. Un día lo diré, porque los guardias me presionarán hasta que hable. Hasta que escupa los nombres que no dije y todo quede claro. Me pongo nervioso para que Franz vea que estoy nervioso. Me como las uñas para que vea que la cosa es seria, y sudo hasta mojar la ropa, y me estrujo las manos y empiezo a hacerme el loco hasta que Franz me dice que está bien, que me dará dinero y se irá del país. Que lo siente por mí, porque las cosas salieron tan mal, pero que nunca lo mencione, por favor, ni se me ocurra decir que tuvo algo que ver. Yo digo que lo siento también. No soy como Franz, que puede irse cuando quiera y nunca le pasará nada. Pero a mí puede pasarme cualquier cosa. A mí seguro me tendrán toda la vida en una lista de bandidos. Le pregunto a Franz si sabe lo que me pasará. Podré aguantar un tiempo, unos meses o unos días, pero al final tendré que hablar y seré carne de prisión. Yo encerrado allá por años con esas cosas que se ven en la cárcel. Yo lo puedo aguantar, porque soy joven y uno se acostumbra y sobrevive, pero Franz seguro se muere en la prisión si lo encierran conmigo. Tan gordo Franz, no sabe lo que es estar preso, enterrado por un tiempo sin derecho a reclamar.

Se asusta el alemán. Bebe otra vez y se mueve nervioso por la sala. Me dice que me vaya. Me da dinero.

Me lleva hasta la puerta y me dice que lo olvide todo. Y yo me voy. Me hago otra vez el infeliz y el nervioso y le digo a Franz que por mí no se preocupe. Que estaré bien. Que aguantaré lo que sea y nunca diré su nombre aunque me maten. El alemán cierra la puerta y me quedo solo en el portal.

Salgo a la calle. Es temprano todavía. Desde acá veo el grupo en la casa de Maida. Wilberto y Maidelín están sentados juntos. Ramiro le pasa la mano por la espalda al hijito de Carmen. Maida y Dailena conversan sin preocuparse por nada. Hacen sus planes como antes, cuando arrastraban chancleticas malas en el barrio como las arrastran todas las mujeres y no tenían todo lo que tienen hoy. La mamá de Maida reparte algo en unos vasos. El perro mueve la cola para que le den lo suyo. El viejo Cheché está en la cerca esperando que le den algo también y mantiene la mirada en las mujeres. Se rasca la barriga y mira a Maidelín, y ella no se abre como antes. Está un poco rara Maidelín en estos días. Recuesta la cabeza en el hombro de Wilberto y se queda mirando al suelo. Daila Dailena quizá está un poco diferente también. Ahora, sin Franz al lado, Daila Dailena se abre un poco en el asiento. Se abre tanto que los muslos terminan por asomar completos. No le importa si el viejo la mira demasiado, si le mira las piernas y se vuelve loco y se rasca la cicatriz hasta sacarse la sangre. Ella está allí sola, abriéndose de muslos frente al viejo, muy atenta a todo lo que dice Maida.

Me gusta verlos así, de lejos, sin mezclarme. Me gusta eso ahora. Me va gustando. Un grupo como otro cualquiera de los que abundan en los barrios. Gente común que se reúne cada noche a conversar de cualquier cosa.

Seguro hablan de mí cuando no estoy. Dirán que no tengo remedio y siempre seré el guajiro comemierda que fui siempre. Todo eso dirán de mí, o quizá digan otras cosas. De Franz también dirán lo que se les ocurra, si es que del pobre alemán hay algo malo que decir. Por ahora no hay nada. No sé lo que dirán después, cuando pasen los días, y no sé lo que dirán de mí. Pero eso no es un problema ahora.

El problema es llegar a la casa de la negra sin que me vean. Es muy temprano todavía. Puede haber alguien mirando y eso no me cuadra. Alguien que salió a mirar el cielo y las estrellas. Todavía queda gente en estos barrios que se dedica a mirar el cielo y las estrellas. Lo hacen como si eso resolviera algo; como si mirar al cielo fuera la solución para las cosas de aquí. No sé si a Wilberto le importará lo que pasa, pero es mejor que nadie me esté mirando. Tienen esa costumbre de mirar y decirlo todo. Aquí nadie se queda callado por nada. No se guardan las cosas que deberían ser de uno solo. Las cosas íntimas de uno. Las soluciones que se hallan cuando todo se pone malo. La negra es mi solución ahora, y la busco por eso, y voy directo a su casa, porque me hace falta que me pase la lengua. Es mejor estar allá entre sus sábanas calientes. Ahora eso es lo mejor, aunque me pida dinero cuando cobre. Después veremos. Después, cuando pasen los días y los meses. El tiempo se va sin que uno se dé cuenta. Uno cierra los ojos y los días se van rápido. Demasiado rápido, a veces, y ya no queda tiempo para nada. Uno se queda pensando si todo valió la pena. Si lo que se hizo quedó bien, o si pudo hacerse de otra forma. Uno se queda pensando en todo eso y en lo que dirá la gente. A mí, lo que la gente diga no me importa mucho. Tengo mis ideas y mi planificación. Mis cosas bobas, como dirá la gente, pero son cosas mías. Ahora, caminando hasta la casa de la negra, tengo que reconocer que yo también tengo mis cosas. Mis planificaciones, puede ser, o mi manera propia de ver el mundo. Voy pensando en lo que debo hacer. Voy sacando mis cuentas y son cuentas que me dan. Cuentas sencillas, pero cuentas. Formas diferentes de verlo todo y descubrir todo eso que se esconde tras las cercas amarillas pintadas por el polvo.

CAPÍTULO 11

ROJO QUEMADO SOBRE CAMPO AMARILLO MIERDA

Desde el camión se ven los barrios del llano. Se dibujan las luces allá abajo y es como mirarlo todo en un mapa gigante. Mi barrio está allá, pero no se distingue nada. Oscuro todavía. Demasiado oscuro. El aire frío me obliga a frotarme las manos. Me froto y me dan ganas de orinar. Me pego a las mujeres que van subiendo conmigo. Les miro los dientes manchados y la ropa sucia de polvo y fango. Mi ropa está sucia también por los días que llevo en esto. Es fango rojo que se pega en la ropa y se queda un buen tiempo. Es fango, porque ahora llueve en estos días. En los días secos lo que hay en estos montes es polvo. Mucho polvo rojo que se pega en la ropa también y es peor que el fango. Cuando hay bastante polvo se le pega a uno en la cara. Se hace una máscara bajo los ojos y alrededor de la boca, pero uno se acostumbra y después no le hace caso ni a la máscara ni al polvo. Se quitará todo después, de noche, cuando uno baje en el camión y se bañe con calma.

Yo casi no me baño. Es mejor no bañarse mucho para ahorrar el jabón y así el tiempo no se pierde en eso. Desde que empezó la zafra del café me he bañado muy poco. Bajo de noche y me acuesto temprano. A veces voy a la casa de la negra cuando no tengo trabajo al otro día. Me baño entonces, y la negra me espera y me hace algo de comida. Siempre tiene algo para mí.

113

Espera que yo llegue y empieza a destapar los platos. No sé de dónde saca la comida. No lo quiero saber. Le doy todo el dinero cuando cobro y me olvido del dinero y de todo. No sé de dónde la negra saca las cosas que cocina. Debe comprarlo todo por la cerca. Aquí la gente siempre resuelve por la cerca. Unas viandas o un pedazo de carne. Una lata de arroz, y ajo, y el comino que haga falta. Todo se vende por la cerca, porque es mejor así. La carne también, no importa de lo que sea. Hay tanta gente inventando sus cosas que ya uno ni siquiera pregunta de qué es la carne. La negra igual. Resuelve, como todos, y me espera con la comida hecha.

Ya no tengo tiempo de andar caminando por el barrio. Después que pedí la baja en el museo me pasé unos días encerrado en la casa. Dormía en el piso y pensaba en Maida y en los otros. Tenía ganas de salir y verlos, pero me aguanté. Ahora no me aguanto, pero no quiero verlos. Deben estar hablando de mí por todo lo que hice. Dondequiera que estén seguro hablarán de mí. Seguro saben todo lo que pasó con el alemán y el cuadro. Seguro el alemán lo dijo todo antes de irse. Desapareció de aquí sin avisar y se quedó Daila Dailena sola. Dice la negra que ahora Maida y ella se fueron otra vez para La Habana. Se fueron juntas las dos y se llevaron al perro. Estarán buscando a otro alemán o a cualquiera que pueda mantener esa casa tan grande de Daila Dailena.

Ya no se reúne nadie en la casa de Maida. La mamá se sienta sola en el portal y ahí se queda hasta tarde. Wilberto y Maidelín se fueron a vivir en Varadero. Dice la negra que Maidelín estaba embarazada, pero se fue así mismo. Quería parir allá, y quería que Wilberto se fuera con ella. Un poco rara Maidelín, pero nadie sabe lo que cada uno piensa. Puede parecer extraño para la gente de aquí, pero hay cosas más extrañas y la gente ni siquiera se detiene a preguntar.

El hijo de Carmen no se fue con ellos. Se quedó en el barrio y ahora vive en la casa de Ramiro. Limpia la casa, porque Ramiro se quedó sin mujer, y cocina para Ramiro, y de noche no sale. Y el viejo Cheché ya casi no se deja ver de nadie. Se le infectó la cicatriz y ahora está peor que antes. Cualquier día voy y lo visito, cuando tenga un tiempo. Cuando tenga un domingo completo para dormir y hacer visitas a la gente que conozco.

El problema es que ahora el tiempo no me alcanza. Pasaron un día buscando gente para trabajar en el café, porque la zafra estaba comenzando y no había trabajadores. Dijeron que iban a pagar mejor que antes y dejé que me anotaran. Enseguida me avisaron y el camión me recogió por la mañana. Subo temprano y me paso el día en los campos. Hay unas trigueñas cuarentonas que se dejan tocar las tetas en los cafetales. Trigueñas firmes de los montes que me miran de una forma y se me acercan a pedir una opinión sobre sus cosas personales. Me halan hasta el cafetal y se me tiran arriba. Se dejan hacer más cosas y hacen cuentos de relajo. Pero a las trigueñas las veo poco, porque estoy en otra cosa.

Los jefes de la zafra supieron que fui custodio en el museo y me pusieron a trabajar con los estudiantes. Me vieron la cara seria y me dieron a escoger. Hembras o varones, lo que yo quisiera. Y escogí el grupo de las hembras, que son más fáciles de mandar y no se fugan tanto. Nunca se fugan, en realidad, y viven pidiendo comida, porque la comida en el albergue es mala. Les subo dulces y se dejan tocar mientras se comen lo que les traigo. Se van conmigo a la hora del almuerzo, porque les hago cuentos de relajo y sexo. Nos metemos en el cafetal, nos embarramos con la tierra roja de los montes y el tiempo pasa rápido. Se desnudan y andan sueltas conmigo, y yo me desnudo también y ando muy suelto con ellas, tan suelto que en un rato se va el día y ya es de noche. Bajo tan tarde que solo tengo ganas de acostarme y dormir un poco. Voy pintado de rojo por esas calles del barrio. Se ven las cercas amarillas por el polvo. Se ven pintadas así, como si alguien las hubiera embadurnado de amarillo mierda. Ahora creo que me gusta el rojo de los montes. Rojo quemado, aunque se pegue en la ropa y en la cara. Me gusta el amarillo también. Formo una combinación de rojo y amarillo cuando voy caminando. Rojo quemado de los montes sobre el campo amarillo mierda de las calles y las cercas. Me van gustando esas cosas de pintura. Me gusta verme así, lleno de fango y polvo rojo, y no me importa que la gente me señale y diga cosas.

En mi casa siempre ando desnudo. No me importa si la vecina me mira por un hueco. Primero saco el cuadro y lo abro sobre el piso. Me acuesto al lado y trato de mantener la cabeza cerca del cemento. No sé por qué hago esas cosas, pero no quiero saber. Me siento bien así. El cansancio se me va y todo está bien. Me desnudo entonces. Me acuesto otra vez con la cara sobre el piso limpio. Alumbro el cuerpo del hombre acabado de nacer en la pintura y veo salir de los costados leves tonos de amarillo. Me arrastro un poco y escondo la cabeza entre los hombros y los brazos. Me duermo fácil después de todo eso y todo está muy bien conmigo.

Después de todo, bien, aunque la negra me insiste en que me mude con ella. No sé qué hacer. Si me mudo a la casa de la negra ya no podré desnudarme con el cuadro. La negra va a decirme que estoy loco. Lo dirá por la cerca y el barrio entero lo sabrá. Mejor no. Tengo el cuadro para mí solo, y me siento bien. Me duermo rápido y no sueño ninguna pesadilla. No oigo estornudar a nadie, ni veo viejas con los ojos explotados. No me preocupa andar desnudo y que me vea la vecina, ni tengo ganas de aprender alemán, ni llevo la luna guardada en el bolsillo.

ÍNDICE